清貴と葵 於 八坂

利休 於 マンハッタン

京都寺町三条のホームズ⑭

摩天楼の誘惑

望月麻衣

双葉文庫

目次

家頭《やがしら》 清貴《きよたか》

類稀な鑑定眼と観察眼から、『ホームズ』と呼ばれている。現在は、骨董品店『蔵』を継ぐ前に、外の世界を知るよう命じられ、修業中の身。

真城《ましろ》葵《あおい》

京都府立大学二年。埼玉県大宮市から京都市に移り住み、骨董品店『蔵』でバイトを始めた。清貴の指南の許、鑑定士としての素質を伸ばしている。

梶原《かじわら》 秋人《あきひと》
現在人気上昇中の若手俳優。ルックスは良いが、三枚目な面も。

円生《えんしょう》
本名・菅原真也　元贋作師で清貴の宿敵だったが、紆余曲折を経て、今は高名な鑑定士の許で見習い修業中。

滝山《たきやま》 利休《りきゅう》
清貴の弟分。清貴に心酔するあまり、葵のことを疎ましく思っていたが……？

家頭《やがしら》 誠司《せいじ》
（オーナー）
清貴の祖父。国選鑑定人であり『蔵』のオーナー。
滝山《たきやま》 好江《よしえ》
利休の母であり、オーナーの恋人。美術関係の会社を経営し、一級建築士の資格も持つキャリアウーマン。
家頭《やがしら》 武史《たけし》
（店長）
清貴の父。人気時代小説作家。

ハミルトン・パーク
リヴァーサイド・パーク
NY 9A
マンハッタン クルーズ ターミナル
イントレピッド海上航空宇宙博物館
デウィット・クリントン・パーク
コロンビア大学
セント・ジョン・ザ・ディヴァイン大聖堂
リンカーン・センター
アメリカ自然史博物館
ストロベリー・フィールズ
マディソン・スクエア・ガーデン
グレート・ヒル
タイムズ・スクエア
シープ・メドー
セントラル・パーク
ロックフェラー・センター
セントラル・パーク動物園
メトロポリタン美術館
エンパイヤ・ステート・ビルディング
ブライアント・パーク
ニューヨーク近代美術館
ソロモン・R・グッゲンハイム美術館
ニューヨーク市立博物館
グランド・セントラル・ターミナル
フリック・コレクション
国際連合本部ビル
FDRドライブ
ルーズベルトアイランド
ランドールズ・アイランド
ガントリー・プラザ州立公園
クイーンズブリッジ・パーク
レイニー・パーク
イサム・ノグチ美術館
ソクラテス彫像公園
Interstate 278
トライボロブリッジ
アストリア・パーク
ミュージアム・オブ・ザ・ムービング・イメージ
グランド・セントラル・パークウェイ
Interstate 495
Interstate 278
Interstate 495
クイーンズ
ラガーディア空港

ニューヨーク
ニュー・ジャージー
リバティー科学センター
リバティー州立公園
エリス
アイランド
自由の女神像
ホイットニー美術館
ロックフェラー・パーク
国立9月11日
記念館と博物館
SOHO
バッテリー・パーク
トリニティ教会
市庁舎公園
ユニオン・スクエア
ウォール街
ガバナーズ
アイランド
マンハッタン
FDRドライブ
ブルックリンブリッジ
ダンボ
マンハッタンブリッジ
Interstate 278
ニューヨーク交通博物館
フォートグリーン・パーク
マッカレン・パーク
ブルックリン・クイーンズ・
エクスプレスウェイ
プロスペクト公園
ブルックリン美術館
ブルックリン植物園
ブルックリン

序章『迷える心』

——最近、私はとても苦しい。その理由はよく分からない。

骨董品店《こっとうひんてん》『蔵《くら》』のドアベルが、カラン、と鳴った。

カウンターの中で本を開いたまま、ぼんやりしていた私——真城葵《ましろあおい》は、我に返って扉に顔を向ける。

「お、お邪魔します」

親友の宮下香織《みやしたかおり》だった。店に足を踏み入れ、遠慮がちに店内を見回している。

「いらっしゃい、香織。今日は私一人で留守番だよ」

「葵の姿しかないから、そうやと思《おも》た」

香織はホッとした様子で、カウンターに腰を下ろし、私の手元の本に視線を落とした。

どうやら、外から様子を窺《うかが》ってから、入って来たようだ。

「おっ、ニューヨークに向けて英会話の勉強してたんや？」

私は、うん、と頷く。私が見ていたのは、英会話の本だった。

「翻訳機は、ホームズさんが用意してくれたんだけど、ちょっとでも勉強をしておこうと思って」

「えらい」

「えらいってほどでも……。今からがんばっても、さほど身につかないだろうし、結局は焼け石に水になってしまう可能性の方が高いんだけどね」

海外には、以前から興味を持っていた。

憧《あこが》れを胸に抱いていた、と言っても良いかもしれない。

ホームズさんがオーナーとともに海外に行く様子を目の当《ま》たりにしては、『いいなぁ』と思っていたのだ。

だから、それなりに英語の勉強はしてきたのだけど、本格的に始めたわけではない。

こんなチャンスに恵まれるなら、英会話教室に通っておけば良かった。

これまでを振り返って反省していると、香織が「ちゃう」と首を振った。

「えっ？」

「無駄なことなんてあらへん。たとえば一日ひとつ英単語を覚えたら、一年間に三六五個、マスターしたってことになる。その積み重ねやと思う。ほら『ローマは一日にしてならず』って言うやん」

と言って香織は、人差し指を立てた。

「そうだよね。無駄じゃない」

私は、香織の言葉に頷きながら、ふと、ホームズさんの姿を頭に思い浮かべた。

彼の人並外れた観察眼や鑑定眼は持って生まれた才能かもしれないけれど、あの知識量は小さい頃からの積み重ねによるもの。それはまさに、『家頭清貴《やがしらきよたか》は一日にしてならず』と言えるだろう。

口の前に人差し指を立てて、少し得意げな笑みを浮かべているホームズさんの姿が思い出され、私の頬が緩む。

すると、香織が不審そうに一瞥《いちべつ》をくれた。

「どうしたん?」

「ううん、なんでもない」

顔に出ていたのだろうか?

私は思わず頬を摩《さす》って、表情を引き締める。

「もうすぐ出発やし、楽しみで仕方ないやろ」

「そうなんだけど、不安もいっぱいで」

「英語のこと? そんなん、なんとかなるて」

不安がいっぱいというのは、英語のことだけではなかったが、要素の一つではある。

「英語が得意な香織が言っても説得力が……」

彼女は高校時代から英語が得意教科で、大学では欧米言語文化学科を専攻している。

「得意てほどやないし」

「でも、教科の中で、英語の成績が一番良いんでしょう？」

すると香織は、あー、と洩らして頭に手を当てる。

「それは、ただ単に好きなんや。元々、イギリスに大好きな叔父がいるから、それで英語を好きになったんやけど」

その話は、聞いたことがある。

香織は自分の父親と馬が合わないけれど、優しくて紳士的な叔父をとても慕っているそうだ。

「好きだから勉強も捗《はかど》ったし、海外でも少しは通用するかもしれへんて思《おも》てたんや。科目の中でも得意な方やし。けど、実際に向こうに行ったら、全然駄目で」

香織は、大袈裟《おおげさ》に肩をすくめた。

「駄目だったって、この前のオーストラリアだよね？」

彼女は夏休みの間、オーストラリアに短期留学していたのだ。

「うん。発音の問題なのか、向こうではまったく通じひん。なんなら勢いで言った日本語の方が通じたことが結構あったし。そやから、そんなに構えなくてもええと思う」

そう言って、香織は愉《たの》しげに笑う。

「そっか、香織レベルで通用しないなら開き直ろうかな。そうだ、香織はオーストラリア、どうだったの？」

ふと、思い出して訊《たず》ねる。

思えば互いに忙しくて、ゆっくり話せていなかったのだ。

香織はギュッと目を瞑《つむ》り、「めっちゃ良かった」と力強く答える。

あまりに熱がこもった言葉に、香織がとても良い経験をしてきたことが伝わってきて、私まで嬉しくなった。

「良いところだったんだ」

「うん。お世話してくれたホストファミリーが、ほんまにええ人たちやって。家には小さい男の子と女の子がいたんやけど、めっちゃ可愛《かい》らしくて」

香織は話しながらスマホを取り出して、私に画像を見せてくれる。

人の良さそうな白人夫婦と、五〜六歳の少年と少女が屈託《くったく》なく微笑《ほほえ》んでいて、その中心に香織の姿がある。

「うちはこの狭い京都で生まれ育ってきたやろ？　そやから、オーストラリアの広大さがほんまに新鮮で。庭がめっちゃ広くて、手作りのブランコがあったり、小さいけどプールもあったり。みんなでバーベキューしたり、たき火したり、海に遊びに行ったり、乗馬させてもろたり」

うっとりと話す香織に、私は、うんうん、と相槌をうつ。

この狭い日本の中でも、さらに町の作りが小さかったり、道が狭いことでも知られる京都だ。

オーストラリアは、真逆の都市といえるだろう。

「ところで、オーストラリアのどこに行ったんだっけ？」

「パースってとこ」

「パース？」

馴染《なじ》みのない地名に私は首を傾げる。てっきり、シドニーやキャンベラ、はたまたメルボルンに行っているのだろうと思っていた。

「パースって、どの辺りにあるの？」

「ああ、オーストラリアの西の下の方なんや」

と、香織はスマホで、オーストラリアの地図を開く。

彼女の言う通り、パースは西の海岸部南側に位置していた。

「海も近いし、町中から少し離れるとたちまち広々としていて、ほんまにええとこやった。あと、オーストラリアの真ん中の方にあるウルルにも行けたんや。少し離れたところから眺《なが》めただけやけど、それもめっちゃ良くて」

「ウルルって、たしかエアーズロックのことだよね」

「そうや。一枚岩と言われているとこや」

ぼんやりと、私の頭の中に、光景が浮かぶ。

どこまでも続く平原に、赤褐色の小山のような巨大な岩がどっしりとある印象だ。

「うちもテレビや雑誌であの岩を見たことがあって、実は行くまで『大きいかもしれへんけど、所詮は岩やろ』て感じやったんや」

そう話す香織に、私は「分かる」と真顔で頷いた。

私の中でも『一枚岩』と聞いても、凄さがピンとこない。いわゆる『大きな岩』という感想しかなかった。

「そやけど、実際にあの岩を前にしたら、ほんまに感動したんや。巨大で地平線がどこまでも続いていて……あー、自分はほんまにちっぽけやったんやなぁ。狭い世界しか知らへんかったなぁ、って心から思った」

その時の感動を思い出しているのだろう、香織の目が潤んでいる。

「……本当にとても良い経験をしたんだね。行けて良かったね」

私が心から言うと、香織は「うん」と、はにかんだ。

「それにしても、香織が急にオーストラリアに短期留学を決めたのは驚いた」

「実は、いろいろモヤモヤして、悩んでいる時に小日向《こひなた》さんが勧めてくれて……」

香織は、囁《ささや》くような小さな声で言う。

えっ、と私は目をぱちりと開いた。

「小日向さん？」

確かめるように訊《き》くと、香織は、うん、と少しばつが悪そうに頷く。

彼の名前は、小日向圭吾《けいご》といい、ホームズさんの元学友で、短髪に眼鏡《めがね》をかけた爽《さわ》やかな雰囲気の青年だ。

現在は、大学院で医学の研究をしている。

「夏休み前に『どこか遠くに行きたい。地平線を見たい』って小日向さんにぼやいてたんや。そうしたら、留学を勧めてくれて……今回、うちがお世話になったホストファミリーも、小日向さんが以前、お世話になったところで紹介してくれて……」

気恥ずかしいのか、香織の言葉の語尾が、どんどん小さくなっていく。

「そうだったんだ……」

香織が突然、留学を決めた背景には、小日向さんが一枚噛《か》んでいたということだ。

「もしかして、香織と小日向さんは、もうお付き合いをしてるとか？」

本当はこんなにストレートに訊くつもりはなかったのだけど、知らなかった事実に対する驚きから、思わず無遠慮に訊ねてしまった。

香織は弱ったように、首を振る。

「実は帰国してから、あらためて告白されたんや」

本当？　と私は思わず前のめりになった。

「そやけど、断ってしもた」

「あ、断っちゃったんだ……」

少し残念に感じてしまった。小日向さんはしっかりしていて素敵な人だ。お似合いかもしれないと、私は思っていたのだ。

「ほんま、恋って難しいなて思う」

「難しい？」

「うん。小日向さんはとても親身になってくれて、感激も感謝もしてるんや。うちにアプローチしてくれてるのも、どちらかというと嬉しいて思ってた」

「うん」

「そやけど、ちゃんと『付き合ってほしい』て言われたら、『困る』って気持ちが強くて。彼のことを慕ってはいるけど、『恋』って感じとはちゃうなぁ、って。頼れる兄貴みたいな感覚に近いていうか……。小日向さんを『好き』って思えたら、楽なのにって……」

香織の複雑な心境は分かる気がした。

恋というのは、おそらく理屈では説明できないものだ。

どんなに条件の良い人で、自分を想ってくれていて、それが嬉しかったとしても、心が動かないということはあるのだろう。

私たちの間に少しの沈黙が訪れた。

「葵は気付いていたかもしれへんけど……」

ややあって、香織はぎこちなく切り出した。

深刻な話であることを察し、私は何も言わずに視線を合わせる。

「少し前……短い間やけど、うちは店長と付き合《お》うてたんや。あ、付き合うてるて言うても、手しかつないでへんのやけど」

香織は、店内には私たちしかいないのを知りながら、声を潜めてそう言った。

彼女の言う通り、私はそのことに気付いていた。

だけど、まさか香織の方から打ち明けてくれるとは思ってなかった。私の心臓がばくんと音を立てる。

「その結果は、葵もよう知ってるやろ」

カフェの隣の白山神社での出来事を思い出す。

香織は、店長に恋をしたと思っていたのだが、そうではなくて憧れだったことに気付き、別れを告げたのだ。

相手の気持ちも思い、自分を責めて、香織は泣き崩れていたのだ。

私が何も言えずに頷いていると、

「……店長に申し訳なかったて思うけど、あの出会いと時間は、かけがえのないものやったて思うんや」

うん、と私は頷く。

「けど、やっぱり傷付けてしもたことに罪悪感もあって、元々、恋愛に臆病やったのに、さらに臆病になった気ぃする……そやから、『小日向さん、ええ人やし、どっちかというと好きな方やから、とりあえず付き合ってみよう』ってなれへんのや」

香織は、ぽつりと零《こぼ》して、自嘲《じちょう》的な笑みを浮かべた。

「その気持ちは分かる……」

私も前の彼と別れたあと、随分《ずいぶん》と臆病になったものだ。

香織がフラットな状態で小日向さんと出会っていたら、交際に発展した可能性もあるのだろう。けど、今はそう簡単に切り替えることができない。

また、小日向さんに対して、切り替えられるほどの『想い』はなかったということだ。

恋愛もタイミングが大事なのかもしれない。

再び沈黙が訪れ、

「そ、それはそうと、うちも訊きたかったんや。葵のニューヨーク行きのこと」

香織はもう話題を変えたい様子だ。

「あ、そうだね」

香織には会った時に詳しく話そうと思っていたため、ざっくりとした説明しかしていなかったことを私は思い出した。

「好江《よしえ》さんを通して来た話なんやね？」

そう問われて私は、うん、と頷く。

滝山《たきやま》好江さんは、オーナーの恋人であり、美術系のコンサルタントの会社を経営している。それ以外にも好江さんは一級建築士で、建築デザインなども請け負っていた。

「結構前の話なんだけど、利休《りきゅう》くんのお祖父さんの家に鑑定士が集まったことがあってね。

そこに、ニューヨークでキュレーターをしている藤原慶子《ふじわらけいこ》さんって方が来ていて……」

利休くんは、好江さんの息子だ。

すると香織は、ああ、と相槌《あいづち》をうつ。

「鷹峯《たかがみね》の斎藤《さいとう》邸で開かれた、後継者選びの時やね」

そう、と私は頷いた。

思えば香織との付き合いも長く、これまであったいろいろなことを彼女に伝えてきているので話は早い。

「その慶子さんの師匠が、サリー・バリモアという美術界の権威なんだけど」

香織は、そんな人がいるんや、と洩《も》らす。

私も名前を聞いたことがあるくらいのものだった。

その後調べてみたところ、サリーは、メトロポリタン美術館(通称The《ザ》 Met《メット》)で、何年かチーフ・キュレーターを務め、その後はフリーとなったそうだ。

ちなみに、フリーランス・キュレーターは、インディペンデント・キュレーターともいうらしい。

世界中の美術館や展示場を回り、企画・提案・プロジェクトの監督などを行っている。

そんな彼女には弟子――アシスタントが数人いて、藤原慶子さんもその一人だそうだ。

「サリーは先日、男性のキュレーターから『この世界に女性なんていらない』って言われて激怒したそうなの」

そこまで話すと、香織は呆《あき》れたように息を吐き出す。

「そういう感じの人って、どこにでもいるんやね」

「本当だね……」

私も苦々しい気持ちで、頷いた。

しばらく怒っていたサリーだが、その侮辱がきっかけで『優秀な女性キュレーターになりうる人材を育てたい』という気持ちが強くなった。

それにはまず、世界中にいる『キュレーターの卵』を見付けたいと、サリーは自分の弟子たちに『あなたたちが見込みのあると思う自分の国の女性キュレーターの卵を、連れてきなさい』と指示したのだ。

そんな一連の流れを話して聞かせると、香織は、なるほど、と首を縦に振る。

「ほんで、藤原慶子さんとやらは、師匠に言われて日本にいるキュレーターの卵をサリーの許に連れていかなあかんようになって、好江さんを通して葵に声をかけたというわけや」

話を纏めながら頷く彼女に、私は「そう」と答えた。

「好江さんと慶子さんは、元々、知り合いやったん？」

「うん。好江さんは美術コンサルタントということもあって、慶子さんとは以前から交流があったんだって」

「葵、大抜擢《だいばってき》やん。あらためておめでとう」

そう言われて、私は恐縮して肩をすくめた。

「大抜擢というより、もしかしたら慶子さんには、他に交流のある女性キュレーターの卵がいなかっただけじゃないかな、とも思うんだけど」

かつて慶子さんは、ホームズさんにアプローチをしたことがあり、その際に袖にされたそうで、私に対して良い印象を抱いていないはずだ。

現に斎藤邸で会った時も、意味深なことを言われたのを覚えている。

それなのに私にチャンスをくれるなんて、余程、思い当たる人物がいなかったのではないか？　と懸念《けねん》していた。

「そんなことあらへん。滞在は三泊五日やったっけ？」

確認するように問うた香織に、私は苦笑した。

「最初はその予定だったの。学校もあるし、秋の三連休を挟んだなら、休むのが二日間で済むじゃない？　好江さんもそれで大丈夫じゃないか、って言ってくれていたんだけど、後日、慶子さんから『サリーがあなたのレポートを気に入ったから、もう少し長く滞在してほしい』って言ってもらえて、移動日含めて十日間行ってくることになった」

「レポートって？」

「事前に、自国の美術品に関するレポートの提出を求められていたんだ」

私は、『二人のナミカワ』と呼ばれた七宝焼の作家、並河靖之《なみかわやすゆき》と濤川惣助《なみかわそうすけ》の話を交えて、日本の美しい七宝焼について書いた。

今回、サリーのアシスタントたちが選出した『キュレーターの卵』は、結構な人数がいたそうだ。だが、すべての人が招かれるわけではなかった。サリーがレポートを読んで却下した候補者も多くいた、と好江さんに聞いた。

「まるでオーディションの書類選考みたい。けど、せっかく行くんやったら、それで良かったんちゃう？　学校休むの気が引けるのは分かるけど、葵はこれまで真面目に単位取ってるし、そもそも、そういうんも立派な勉強やん。で、『招待』ってことは交通費や滞在費はサリーが？」

「うん。サリーが用意してくれるって」

「お金持ちなんや」

「そうみたい。そして好江さんもニューヨークに同行してくれるってこともあって、親も承諾してくれてね……」

そりゃそうやろうなぁ、と香織は頬杖《ほおづえ》をついた。

「そもそも、その人はキュレーターの卵を集めて何をするつもりなん?」

「自宅のサロンで講義をしたり、談話会をしたり。あとはニューヨークの美術館巡りもさせてくれるんだって」

「楽しそう。ほんなら葵が渡米している間、ホームズさんは、日本でお留守番。いつもと逆やな」

ふふっ、と笑った香織に、私は「それがね」と顔を上げた。

「実は、ホームズさんも日本を離れることになって……」

そう言った私に、香織は目をぱちりと瞬《また》かせる。

「また、オーナーの付き添いで?」

私は、ううん、と首を振る。

「付き添いとかじゃなくて、ホームズさんにお仕事の依頼があって、中国——上海《シャンハイ》に行くことになったの」

はあ、と香織は間の抜けた声を出す。

「どんな仕事で?」

実は……、と私は、先日、骨董品店『蔵』に珍しい客人が訪れた時のことを話し始めた。

突然、『蔵』を訪れたジウ・イーリン（景一琳）が、ホームズさんに鑑定士として上海に来てほしい、と伝えたこと。

それは、今度、イーリンの父親が、上海博物館で世界中の宝を集めた展示会を開くためだ。そこに贋作《がんさく》があっては沽券《こけん》に関わるということで、鑑定士も世界中から呼び寄せよう、ということになった。

最初はオーナーに声が掛かったそうだけど、オーナーは『自分ではなく弟子で孫の清貴に』とホームズさんを指名したため、彼が上海に向かうことになったのだが、ひょんなことから、小松《こまつ》さんと円生《えんしょう》さんも同行することとなったのだ。

「――こういうわけで、ホームズさんは、私よりも先に上海に行くことになって……」

私が一連の出来事を伝えると、香織は思いもしない展開に目を丸くしながら興味深そうに相槌をうつ。

「同時期に葵とホームズさんが海外に行くんや。すごい偶然やね」

だよね、と私は笑う。

「葵のニューヨーク行きが決まった時、ホームズさんはなんて言うてたん？」

「『とても良いお話ですね』って喜んでくれたよ。でね」

うん？　と、香織は首を傾げる。

「『許されるのでしたら、僕も同行したいです』って言ってくれて……」

「えっ、ホームズさんも一緒にニューヨークに行くんや？」香織はそう言ったあと、「あっ、でも、上海に行くから、無理やん」と続ける。

「うん、そうなんだけど、それは上海の話がくる前のやりとりだったから。でも、私は、その時に断ってしまったんだよね……」

その言葉が意外だったのか、香織はまた目をぱちりと開いた。

「なんで？　彼氏と一緒にニューヨークなんて最高やん」

私は返答に困って、目を伏せた。

「実はうち、心配してたんや」

「何を？」

「……もしかして、葵。ホームズさんへの気持ちがなくなってきてるとか？」

訊き難《にく》そうに小声で問うた香織に、私はゴホッとむせる。

「まだ学生のうちに婚約を決めるなんて、早すぎるんちゃうかって……。気持ちなんて、変わるもんやし」

「ううん。気持ちが変わったわけではないよ」

首を振って否定すると、香織は表情をやわらげた。

「そっか、ちょっとホッとした」

その言葉は少し意外で、ホッとした？　と私は訊き返した。

香織はホームズさんを警戒している節があるし、もし私とホームズさんが別れてしまうようなことになったら、『うち、あの人はあかんと思ってたし、ほんまに良かった』と言うのではないかと思っていたからだ。

「うちは、ホームズさんが苦手やけど、葵と一緒の時の彼は人間味があって嫌いやないし。葵とホームズさんは、お似合いやって思《おも》てた。……何よりあの人、葵と離れたら、絶対に大変なことになりそうやん」

まるでとても恐ろしいことを想像したかのように、香織は顔を引きつらせて、ボソッとつぶやく。

大変なことって、と私は噴き出す。

香織がそんなふうに思ってくれていたのは、素直に嬉しい。

けれど、その言葉を手放しで喜べない自分がいた。

以前はもっと一直線に、ホームズさんに憧れを抱き、恋い焦がれていた。

その気持ちが、今は少し違っているのだ。

「ほんならなんで？」

あらためて問われて、私は返答に困り、しどろもどろに話し始める。

「私の中でホームズさんは、とても大きな存在でね。恋愛感情はもちろん、彼は師匠でもあるし、時々、保護者みたいに感じることもあるんだ」

ああ、と香織は相槌をうつ。

「そんなホームズさんが側にいたら、つい甘えて頼ってしまうし、時には判断すら委《ゆだ》ねちゃったりしそうな気がして……だから今回は、ホームズさんが側にいないところで、がんばってみたいと思って」

すると香織は、うん、と強く首を縦に振った。

「えらい」

「え、えらいかな？」

「だって、あんなスパダリがいたら、何もかも頼ってしまいそうやん。その方が楽やし。差し伸べる手を断って、自分の足でしっかり立とうとしてるんや、えらいやん」

うんうん、と香織は頷いている。

ちなみに、『スパダリ』とはスーパーダーリンの略。非の打ちどころのない完璧な男性を指している。

「ちなみに、同行を断った時、ホームズさんはなんて?」

「『分かりました。楽しんでがんばってきてくださいね』って」

「はー、スマートや」

「…………」

実際は、スマートというわけではない。

余程ショックだったのだろう。その時のホームズさんは、捨てられた子犬のように目を潤ませ、まるでこの世の終わりのような顔をして落ち込んでいたのだ。

かと思うと、二人きりになった途端、そのショックを払拭《ふっしょく》するかのように、『葵さんっ』と大型犬のように飛びついてきた。

その姿は、『スパダリ』とは程遠い。だけど何もかもスマートであるよりも、ホッとするし、そんな彼が好きだと思う。

「理解があって、応援してくれる彼がいて、葵は幸せやな」

しみじみと言う香織に、私は「うん」と頷いて、笑みを返した。

その後も少しお喋《しゃべ》りをして、香織は店を出ていった。

時計を見ると、夕方六時。今日は早めに店を閉めても良いと言われていたので、閉店準備をしてから、私はスマホを取り出した。

『今、店を閉めたので、これから小松探偵事務所に向かいます』

そんなメッセージを送ると、すぐにホームズさんから返信が届いた。

『では、僕も事務所を出ます。四条《しじょう》通で待ち合わせをしましょう』

はい、と返信をして、私はスマホをバッグの中に入れて、店の外に出た。

夕暮れのアーケードは、なかなか賑《にぎ》やかだ。

寺町通を南へと下りながら、私はぽつりとつぶやいた。

「香織に話せなかったな……」

香織は、私に伝えにくいことを打ち明けてくれたというのに……。

とはいえ、私が言えなかったのは、自分の中でまだ整理がついていないからだろう。

香織に伝えた以外にも、ホームズさんのニューヨーク同行を断った理由があったのだ。

私は、手をギュッと握って目を伏せる。

ある出来事が脳裏を過《よぎ》る。

それは、ニューヨーク行きの話がくる、少し前のことだった。

＊

——九月初旬のこと。

その頃、すでにホームズさんは小松さんのところで修業を始めていたが、その日は小松探偵事務所が休みで、彼は『蔵』で店の仕事をしていた。

私はエアコンのスイッチを切り、空気の入れ替えをしようと窓を開けた。

心地の良い風が、店内に吹き込んでくる。

九月になり、これまでの暑さが少し落ち着きを見せ始めていた。

『少し過ごしやすくなりましたよね』

そうですね、とホームズさんは、微笑む。

彼は、バインダーを手に在庫のチェックをしていた。

その時、カラン、とドアベルが鳴って、誰かが店内に入って来た。

『おう、清貴』

——上田《うえだ》さんだ。

彼は、いつものようにスーツ姿で、ビジネスバッグと紙袋を手にしている。

ジャケットをカウンター前の椅子の背もたれにかけて、暑う、とネクタイを緩めながら、椅子《いす》に腰を下ろした。

いくら過ごしやすくなったとはいえ、スーツで外を歩いていたら暑いだろう。

『いらっしゃいませ、上田さん。ジャケット、ハンガーに掛けますよ？』

『おおきに。せやけど、大丈夫や。葵ちゃんは、まだ夏休みなん？』

『はい。もうすぐ終わりですが』

私がそう答えていると、ホームズさんは颯爽《さっそう》とカウンターの中に入り、いつものように飲み物の用意をしようとする。

『今日はアイスコーヒーにしますか？』

『おおきに。あ、飲みモンの前に、識《み》てもらいたいものがあるんや』

上田さんは、嬉々《きき》として手をかざす。

どうやら上田さんは、久々に美術品を持ってきたようだ。この様子から察するに、かなり自信がある品なのだろう。

どんなものを持ってきたのだろう、と私が期待する一方で、

『今回はどんなものを持ってこられたのですか？』

ホームズさんは、肩をすくめながら、ちっとも期待していない様子で訊ねた。

『ふん、お前も度肝を抜かれる品やで』

上田さんは、見てろよ、と紙袋の中から風呂敷包みを取り出して、カウンターの上に置いた。

その風呂敷包みの大きさから察するに、茶碗だろうか。

ホームズさんは、ふむ、と頷き、懐から手袋を取り出して嵌《は》める。

『では、拝見します』

丁寧に包みをほどくと、中から木箱が出てきた。その箱も結んでいる紐《ひも》も真新しい。

『それは元々、箱がないもんなんや。せやから、箱だけ新しい』

何か言われる前に、という様子で上田さんが説明する。

ホームズさんは、そのようですね、と答えながら紐をほどいて箱の蓋《ふた》を開けた。

中を覗いて、ホームズさんの眉《まゆ》がピクリと動く。

無言でつけていた手袋を外し、そっと茶碗を手にする。

ホームズさんは焼き物の真贋をしっかり見極めたいと思った際、手袋を外して直に品に手を触れるのだ。

一体どんな品が入っていたのだろう、と私も思わず首を伸ばす。

黒っぽい碗形。ホームズさんの大きな手の中に、すっぽり収まる小さめの茶碗だ。

ぱっと見たところは、天目茶碗《てんもくちゃわん》を思わせる。

ホームズさんが茶碗をカウンターに置いたので、私はすぐに見込《みこ》み（茶碗の内面の中央）を覗く。

『っ！』

私は、驚きで言葉を失った。

漆黒《しっこく》の表面には、滲《にじ》んだシャボン玉がオーロラの輝きをもって、鏤《ちりば》められている。

茶碗の中に宇宙を表現したような煌《きら》めき。

こうした茶碗を私は、美術館で観たことがある。

国宝と呼ばれる茶碗——曜変天目《ようへんてんもく》だ。

現段階で、世界に三つしかないといわれている国宝。

私はカウンターの上の茶碗を観ながら、以前に美術館を回って観てきた国宝の曜変天目を思い出す。

三碗は、各々《おのおの》別の美術館で展示されていた。

——最初に観たのが、京都の大徳寺 龍光院《りょうこういん》所蔵の曜変天目だ。

『思ったよりも、小さい』

遠くから見た時の第一印象は、それだった。

私がいつもご飯を食べている茶碗よりも、一回り小さい。

外側は漆黒。樂《らく》茶碗の漆黒とは違う、艶《つや》やかな黒。

長い列を経て、ようやく展示ケースの前まで来た。

茶碗の内部、見込みを覗けるところまできて、私はまさに絶句したのだ。

宇宙が、その中にあった。

漆黒の中に、白い星雲が広がっている。

それは、まるで、夕焼けや満天の星を見て、圧倒される時の気持ちと似ていた。

人が作ったものとは思えない、自然の奇跡を前にしたような感動を覚えたのだ。

『曜変天目は、陶工が試行錯誤をするなかで、偶発的に誕生した奇跡の産物ともいえる逸品なんですよ』

と、ホームズさんが言う。

良いものを作ろうという意志の許、さまざまな偶然が重なって生まれたという茶碗は、もはや人の手の産物の域を超えた、宇宙が作り出した美術品なのかもしれない。

その後、私はホームズさんに連れられて、大阪《おおさか》の藤田《ふじた》美術館所蔵の曜変天目茶碗、東京の静嘉堂文庫《せいかどうぶんこ》美術館所蔵の曜変天目（稲葉《いなば》天目）を観に行き、同じように感動したのだ。

上田さんが持ってきた茶碗の紋様は、そのどれとも違っている。

けれど、漆黒の中に、宇宙を思わせる斑紋《はんもん》が鏤められていて、斑紋を光彩が取り巻いているのは同じだ。

これは一体……？

私は息を呑《の》んで、ホームズさんに視線を移した。

ホームズさんは、複雑そうな表情で、そっと口を開く。

『これは、たいしたものですね。「素晴らしい」と言ってしまっても良いかもしれません』

ホームズさんは、良い品に出会った時は、必ず『素晴らしい』と嬉しそうな顔で言う。

だが今回は、素晴らしいとは言ったものの、手放しでは褒めていない。

どういう品なのだろうか？

『ここまで近付けることができましたか……』

ホームズさんは、息を吐き出しながらそう言った。

『近付ける？』

私が小声で問うと、ホームズさんは、ええ、と頷く。

『近年、曜変天目茶碗を再現しよう、と試みる人たちが増えましてね。人体に影響がある鉛の代わりに二酸化チタンを茶碗の表面に流し、電気炉で温度の設定をして焼き上げるんです。度重なる研究の結果、焼成温度は一二六〇度～一二七〇度が核がほどよく溶けて最適だった、と論文で読んだこともあります。僕もこれまで何度か曜変天目を再現した茶碗を目にしたことがありますが、ここまでのものは初めてです。再現品としては、傑作と言えるのではないでしょうか』

そう言ったホームズさんの前で、上田さんはまるで溶けるようにカウンターに突っ伏した。

『上田さん、本物だと思っていたのに、再現品と分かってショックだったんですか？』

もしかして、この茶碗に高いお金を支払ったのかもしれない。

私が心配して身を乗り出すと、上田さんは、ちゃうねん、と洩らす。

『ホームズの言う通り、これは再現品なんや。大学で准教授をやってる友人が学生たちと研究で作ったものやねん』

以前、工業高校の生徒が見事に再現したのに触発されたそうなんや、と上田さんは言う。

『ほんで、何度も研究を重ねた結果、これほどのもんができた。これはホームズでも騙《だま》されるやろ、騙されるまではいかへんでも、しばらく困った顔するかな、って思ったんやけど』

上田さんは頬杖をつきながらうな垂れた。

ホームズさんに一泡《ひとあわ》吹かせてやろうと思い意気揚々《いきようよう》とやってきたものの、見事に返り討ちに遭ってしまったのだろう。

『でも、ホームズさんは、手袋を外しましたよ。一瞬、本物かと思ったのかも』

私はこの茶碗を前に動揺したのだ。

ホームズさんも多少、心が揺らいだのかもしれない。

するとホームズさんは、いいえ、と首を振る。

『再現したものに触れたことがないので、触ってみたかったんですよ。本物かそうではないかは、姿を見て分かりましたし』

ホームズさんは、茶碗に目を落としながらさらりと言う。

私は、曜変天目を見事に再現した品に目を奪われたものの、ホームズさんはそれ以前に茶碗の姿――佇《たたず》まいを見て、真贋を見極めていた。

『……そうなんですね』

私は、そっと頷く。

『いや、しかし、たいしたものです』

しみじみとつぶやいたホームズさんを見て、上田さんは、せやろ、とムキになった。

『これは、曜変天目を現代に復活させたいという、純粋な気持ちやねん。ここまでのもんなんやし、もうこれも「曜変天目」でええんちゃう？』

ホームズさんは、小さく笑う。

『まあ、〝現代〟の曜変天目ですね』

『ほんなら、認められたら四つ目に加えられるんやろか』

『いえ、上田さん。曜変天目は、国宝と認定されているのが三碗だけでして、「曜変」の名を与えられた茶碗は、それ以外にも結構あるんですよ』

そう言ったホームズさんに、上田さんは、へっ、と間抜けな声を出す。

『それらと国宝の三碗がどう違うかと言いますと、厳密な定義があるんです。一つは宋《そう》時代の建窯《けんよう》で作られた最上質の黒釉《こくゆう》茶碗であること。二つ目は碗の内部に、気泡の破裂痕《あと》からなる斑紋があること。三つ目は、その斑紋を群青や紫といった光彩《こうさい》が縁取っていることです。これらの条件が揃《そろ》う品が、現在三碗しか見付かっていないということですね』

上田さんは、そうなんや、と脱力したように洩らす。

『そういうことやったんやな……。今いくらがんばって良いもの作っても、現代の再現品は四つ目にはならへんてことや。今は宋の時代やないし、建窯も、今はあらへん』

そうですね、とホームズさんは愉しげに頷いていた。

『ですが、こうして美しいものを再現しようとする試みは素晴らしいと思います。あらためて、古《いにしえ》の国宝の素晴らしさもより感じられるでしょうし』

『せやな』

上田さんは、すっかり機嫌を良くしている。

『それにしても、これに〝時代付け〟をされたら、惑わされる鑑定士も出てくるかもしれませんね』

時代付けというのは、新しい茶碗に三百年ぐらいのわびさびをつけることを言う。

〝汚し屋〟と呼ばれる者たちが行うもので、贋作師一味の手口だ。

その言葉を聞いて、上田さんは急に深刻な表情になる。

『どうかしました？』

『実は、この曜変天目の再現品のいくつかが紛失したそうなんや。盗まれた可能性もあるらしいんやけど、これがそんな細工されて、ほんまもんとして出回ったら大変やなと思て』

『本当ですね』

ホームズさんも険しい表情で頷いている。

たしかに、この茶碗に時代付けをされて世に出回ったら、大変なことだ。

だけど、その時の私は、同じように深刻な気分になれないほどに落ち込んでいた。

ホームズさんが瞬時に見破ったものを、私は本物かもしれないと動揺していたのだ。

――打ちのめされた気分だった。

＊

私は、あの時の出来事を思い出し、歩きながら小さく息をついた。

少しずつだけど、自分にも真贋が分かるようになり、円生さんに『ホームズはんを超すんちゃう？』などと言われて、恐縮しながらも、彼に近付けたのかもしれないと、いい気になっていたのかもしれない。

そんな時に、あまりに明確な力の差を見せつけられて、私は高い所から突き落とされたような気分になった。

その時、胸に浮かんだハッキリとした感情。

それは、『悔しい』という想いだった。

次の瞬間、おこがましい、と自分を制した。

けれど、私が悔しく思ってしまったのは事実だ。

同時に自分はもっと勉強して心眼を鍛えていきたい、と強く思った。

思えば、それからかもしれない。

ホームズさんに対して恋愛感情だけではなく、複雑な想いを抱くようになったのは……。

はあ、と息を吐き出す。

俯《うつむ》きがちに歩いていると、側にいた若い女性二人が、ひそひそと話す声が耳に届いた。

「あの人、ちょっとカッコ良くない？」

「うん、めっちゃスタイルいい」

京都も芸能人がよく訪れる町だ。有名人が来ているのだろうか？

もしかして、秋人《あきひと》さんだったりして？

私が顔を上げると、前方にホームズさんの姿があった。

ホームズさんのことだったんだ、と驚きながら、納得もした。

「――葵さんっ」

彼は私に向かって、嬉しそうに駆けてくる。

「ホームズさん……」

相変わらず、大型犬のようだ。

そんな彼を前にすると、頬が緩む。

ホームズさんの息が少し弾んでいて、私は、もしかして、と小首を傾げる。

「事務所から走ってきたんですか？」

「ええ、あなたに早く会いたくて」

いつものように恥ずかしげもなく言う彼に、私は小さく噴き出した。

「そんな。しょっちゅう会ってるじゃないですか」

「明日からしばらく離れ離れですし」

「ホームズさんは、いよいよ明日、出発ですね」

明日、ホームズさんは、上海に旅立つ。

鑑定士として世界中の宝を目にすることで、彼の眼はさらに磨《みが》かれるかもしれない。

そう思うと、焦《あせ》りなのだろうか？

じりり、と胸が焦《こ》げる感覚がするのだ。

「どうかしました？」

ぼんやりしていると、ホームズさんが不思議そうに顔を覗《のぞ》いた。

「あ、いえ。何を食べましょうか？」

そう問うと、ホームズさんは、そうですね、とつぶやく。

「もし良かったら、うちに……八坂《やさか》のマンションでご飯を食べませんか？　今、父は東京に行っているんです」

えっ、と私はホームズさんの方を見る。

「あなたのために腕を振るいますよ」

ホームズさんは、にこりと微笑んだ。

私の頬がみるみる熱くなっていく。

きっと今、自分は真っ赤になっているだろう。

言葉を詰まらせていると、

「あ、いえ、気が進まなかったら、外食でも良いですし」

ホームズさんは、慌てたように続けた。

スマートに誘ったかと思えば、途端にあたふたする様子に私の顔が緩む。

私は首を振って、俯きがちに答える。

「……えっと、それなら、私も一緒に作りたいです」

そう言うとホームズさんは、「あかん」と小声で言って、口に手を当てた。

「えっ？」

「いつも僕は、かなりの勇気を振り絞って、あなたを誘っていたりするんです」

ホームズさんの頬がほんのりと赤くなっていて、私の胸が詰まった。

「それでは、スーパーに買い物に行きましょうか」

ホームズさんは、手を差し伸べる。
私は、こくり、と頷いて、その手を取った。
こうして恋人同士で過ごす時間は幸せだ。
彼が好きだ、と心から感じる。
それなのに……。
なぜ、こんなに苦しいんだろう？
私は目を瞑《つむ》り、つないだ手に力を込めて握った。

掌編『出発前夜』

私はホームズさんに誘われて、八坂神社近くのマンションを訪れていた。

「ここに来るのは、久しぶりな気がします」

私はリビングに足を踏み入れて、つぶやく。

ここは、ホームズさんと店長が、二人で暮らしている家だ。

リビングの中央には、楕円形《だえんけい》のガラステーブル。それを囲むように、クリーム色のソファーがL字に並んでいる。壁全面が書棚になっていて、そこに大型テレビがはめ込まれるように置いてあった。対面キッチンはカウンタータイプで、まるでバーのようだ。

家具は落ち着いた色合いで統一されていて、観葉植物の緑が彩りを添えている。

ホームズさんが、きちんと片付けているのだろうが、父子の二人暮らしとは思えない、とても整理整頓がなされた綺麗《きれい》な部屋だった。

何より素晴らしいのは、大きな窓から望む景色だ。

陽が暮れたばかりの橙色《だいだいいろ》の空の下、八坂の塔が見える。

この部屋で、店長と清美《きよみ》さん（ホームズさんの母親）は新婚生活を送り……。

「今さらですが、ここで、ホームズさんは育ったんですもんね」

あらためてそう思った私は、しみじみと洩らす。

哲学《てつがく》の道の近くにある家頭邸は、オーナーの家だ。ホームズさんは、このマンションと家頭邸を行き来しているが、本来、ここが家なのだろう。

ええ、と頷くホームズさんに、私は八坂の塔に目を向けながら熱い息をつく。

「ここに来るたびに思いますが、本当に贅沢な景色ですよね。この部屋は店長が選んだんでしょうか?」

「結婚して新居を探すにあたり、オーナーや上田さんに相談して、この部屋に決めたそうですよ。ここを見付けてきたのは、上田さんだとか……」

ホームズさんは、ジャケットをハンガーにかけて黒いエプロンを身に着けながら話す。

「上田さんが……」

以前、上田さんが話してくれたことがある。彼は、親友である店長の彼女・清美さんに秘めた恋をしていたそうだ。

それなのに、二人の新居を探す手伝いをしたなんて、一体どんな気持ちだったのだろう?

「父もなかなか残酷なことをしますよね」

その言葉に、私は驚いて振り返った。

ホームズさんも、上田さんの気持ちに気付いていたのだろうか?

それを訊ねるのは、愚問だろう。

彼が気付かないはずがない。

私はその話題についてそれ以上触れずに、曖昧《あいまい》な笑みだけを返して、窓際から離れて彼とともにキッチンへ向かう。

ホームズさんはエコバッグから、食材――挽《ひ》き肉、玉ねぎ、ニンジン、パプリカ、レタス、トマト、マッシュルームを取り出して、カウンターの上に置いた。

これらの食材は、ここに来る前に二人でスーパーに立ち寄って買ってきたもの。二人で何を作ろうか散々悩んだ結果、王道だけれどハンバーグにしようと決まったのだ。

私たちは、丁寧に手を洗い、顔を見合わせる。

「それじゃあ、作りましょうか」

「はい」

私は、やる気満々に頷いたものの、ホームズさんの手際の良さに圧倒されるばかりで、気が付くと、ふっくらと美味《おい》しそうに焼き上がったハンバーグができあがっていた。

私が手伝えたのは野菜の皮を剥《む》いたこと、サラダやお皿の用意をしたくらいだ。

「今日はぽかぽかと暖かいので、外で食事をしましょうか」

「えっ、外って？」

「バルコニーです。結構広いんですよ」

その言葉に私は、窓際に立ってバルコニーを見る。

ホームズさんの言う通り、奥行きがあり広々としている。青銅色のガーデン用テーブルセットが置いてあり、時々このバルコニーを使っているのが分かった。

彼が言うように今日はとても暖かく、ここで食事をするのは楽しそうだ。

「はい、ぜひ」

私たちは、せっせと準備を始めた。

ホームズさんはバルコニーにランタンを出し、テーブルセットを綺麗に拭いて、クロスをかける。私はその上にハンバーグとサラダが載った皿とパン、バスケットに入ったカトラリーに大きなワイングラスを二つ置いた。

そして椅子に腰を下ろして、真っ赤なワインをグラスに注ぎ、「乾杯」と掲げる。

いただきます、とハンバーグにナイフを入れると、ジュワッと肉汁が溢れ出てくる。

フォークを口に運ぶと、肉の旨《うま》みとデミグラスソースの濃厚な味わいが広がった。

「とっても美味しいです」

「良かった。二人で作って、二人で食べられるのは、幸せなことですね」

そんなホームズさんに、私はほとんど手伝えてませんけど、と肩をすくめてワインを口に運ぶ。

顔を上げると、蒼色の空に白い月が浮かんでいる。

その下には仄《ほの》かにライトアップされた八坂の塔が、幻想的に浮かび上がっていた。

「素敵な景色ですね……。ホームズさんは、店長ともこうしてバルコニーで食事をするんですか？」

「いえ、父と二人はないですね。どちらかが一人でコーヒーを飲んだり、お酒を飲むことはありますが」

言われてみれば、ホームズさんと店長が二人きりでバルコニーで食事はしなさそうだ。

家頭父子は仲は良いのだろうけど、一線を引いた上で親子として付き合っている感じもする。

「……店長と言えば、今日は東京だそうですけど、お仕事ですか？」

「仕事もありますが、育ての親の顔を見に行ったようですよ」

「育ての親って、オーナーの弟さんご夫婦でしたっけ？」

「はい。父にとっては叔父にあたりますね。父は高校を卒業するまで叔父夫婦に育てられ、とても良くしてもらったそうで、本当の親のように慕っているんですよ。そんな叔父夫婦も今や高齢ですし、ちょくちょく顔を見に行っているんです」

そうなんですね、と私は相槌をうつ。

「ホームズさんも叔父さま――ホームズさんにとっては大叔父さまですね――の家に行かれたりするんですか？」

「ええ。東京に行く時は、顔を出していますよ。大叔父夫婦はともに穏《おだ》やかで優しい方でして、僕が遊びに行くと、とても喜んでくれるんです。大叔父は元音楽教師で、弦楽器の名手なんです。今も腕は確かで、遊びに行くと聴かせてもらうのが楽しみでして」

「それで、店長もチェロを……」

私は納得して、大きく頷く。

「父は時々、『清貴が結婚することになったら、このマンションを君に預けて、自分は東京の家に帰ろうかな』と話しているんですよ」

つまり店長は、再び叔父夫婦との同居を考えているということだ。

高齢になった育ての親を案ずる気持ちは、分かるけれど……。

「それは少し寂《さび》しい気がしますね……」

ぽつりと零《こぼ》した私はすぐに、『清貴が結婚することになったら』という言葉を思い出し、小さく笑った。

「でも、まだまだ先の話ですよね」

するとホームズさんは何も言わずに額に手を当てた。

「どうかしました？」

ホームズさんは、手を下ろして私を見た。

「僕としては、今すぐにでもあなたと結婚したい気持ちですよ」

「！」

その時の私は、どんな顔をしていたのだろう。

香織が、小日向さんについて話していた言葉が鮮明に浮かんだ。

『そやけど、ちゃんと「付き合ってほしい」て言われたら、「困る」って気持ちが強くて。彼のことを慕ってはいるけど、「恋」って感じとはちゃうなぁ、って――』

それに近い。

ホームズさんに『今すぐにでも結婚したい』と言われて、私は『どうしよう』と、『困る』に近い感覚だった。

ホームズさんは視線を外して、ふふっ、と笑う。

「なんて、冗談です」

えっ、と戸惑う私に、

「僕もまだ修業中で、あなたは学生ですから。あなたの言う通り、まだまだ早いですね」

ホームズさんは、すぐにそう続けた。

「そうですね。まだ未熟なので……」

私は少しホッとして相槌をうつ。

ふと、顔を上げると、ホームズさんはワインを口に運んでいた。

「………」

ホームズさんのことだから私の表情を見て、瞬時に話題を切り上げたのだろう。

なんでもない顔をしているけれど、もしかしたら傷付いているかもしれない。

「まだ早いとは思いますが、好きな人にそう言ってもらえて、とても嬉しいです」

これは本心だった。

私が、香織と違うのは、彼に恋をしている自覚があることだ。

おおきに……、とホームズさんは、静かに洩らして嬉しそうに微笑む。

まるで泣き出しそうな顔にも見えた。

ああ、やはり、傷付けてしまっていたようだ。

今すぐホームズさんを強く抱き締めて、その頭を撫《な》でてあげたい衝動に駆《か》られる。けれど、もし、そうしたら食事どころではなくなってしまうだろう。

私はグッと堪《こら》えて、ワインを口に運んだ。

「それはそうと、いよいよ、上海に出発ですね」

私が話題を変えると、はい、とホームズさんは微笑む。

「上海での展示会、とても楽しみですね」

「世界中の宝が集められるわけですから、イーリンのお父さんはすごいですね」

「ええ。素晴らしいのは、ジウ氏はあれほどの富を得ながらも、バブル期の日本のように美術品を世界中から買い漁《あさ》ったりするようなことをせずに、あくまで展示会の企画として、各方面からお借りするに留まったことでしょうか」

ああ、と私は苦笑する。

「バブル景気だった頃の日本は、お金にものを言わせて、世界中から素晴らしい美術品を買い取ったんですよね。世界中からバッシングを受けていたとか……」

ホームズさんは、ええ、と頷いて、当時のことを話してくれた。

ゴッホの『ひまわり』は、五十八億で日本の保険会社が落札し、ルノアールの『ムーラン・ド・ラ・ギャレット』は、百十九億で日本人実業家が手に入れたそうだ。

そんなふうに高額で買い集めた美術品はバブルがはじけると、再びオークションに掛けられ、海外へ出て行ってしまった。

結果として、日本は高いお金を支払って、一時的に美術品を国内に留めておいただけ、ということになったのだ。

「〝真夏の夜の夢〟のような話ですね」と私は肩をすくめる。

「ですが、そう悪いことばかりではないんですよ。一時的でも、素晴らしい美術品が国内に入ってきたことで、日本人全体の美術品への興味や関心が高まったんです」

たしかにそうかもしれない、と私は頷く。

上海の展示会も、中国内で大きな話題になるだろう。それがきっかけで、美術品に興味を持つ人たちが増えるかもしれない。

それは本当に素敵な企画だ。

何より、そんな企画に鑑定士として呼ばれるホームズさんも素晴らしい。

「…………」

黙り込んだ私に、ホームズさんは「どうしました?」と顔を覗く。

「そんな素晴らしい企画に鑑定士として呼ばれるなんて、本当にすごいことだな、と思いまして。……ホームズさんが少し遠くなるようで寂しい気もします」

するとホームズさんは、ぱちりと目を瞬かせて「何を言うんですか」と笑う。

本心ですよ、と私は心の中でつぶやき、夜空を仰いだ。

「でも、私もがんばります。ホームズさんに少しでも追い付けるように」

煌々と輝く月を眺めながら、私は囁くように決意表明をする。

そんな私を前に、ホームズさんは、そっと口角を上げた。

「それでは、僕もより一層、がんばらなくては」

「えっ?」

「いつまでも、あなたにそう思ってもらえるように」

「それじゃあ、ずっと追い付けないじゃないですか」

ムキになる私に、ホームズさんは愉しげに笑う。

彼を好きだという気持ち、置いていかれてしまうのではないかという漠然とした不安と焦り、そして何よりも——どうしようもなく、内側で燻《くすぶ》る何か。

そんなものが絡み合って、喉の奥がほんの少し苦しい。

もう認めなくてはならない。

私は——恋する人の才能に嫉妬している。

ほろ苦い気持ちで、私はワイングラスに目を落とす。

それは、美しい秋の月が複雑な想いを包むように照らした、優しい夜だった。

本編　『摩天楼の誘惑』

『――では、これから、あなたたちをテストいたします。もし私が気に入らなかったら、すぐにここから出て行ってもらうから、心してかかってちょうだい』

集められた〝キュレーターの卵〟を前にして、著名なキュレーター、サリー・バリモアは容赦のない眼差《まなざ》しを向けた。

その視線に空気がピリリと張り詰め、私と同じように他の皆も息を呑んだのが分かる。

壁際では、藤原慶子さんをはじめ、私たちを連れてきたサリーのアシスタント・キュレーターが、苦笑いを浮かべている。私たちはサリーとともに和《なご》やかに美術館を回り、続いてサロンでの談話会に参加する、と浮かれてやって来たのだ。

どんなテストなのだろう、と恐る恐る顔を上げる。彼女の後ろにある大きな窓の外には、ニューヨークの象徴のひとつと言えるエンパイア・ステートビルが見えた。

まるで、『この街』に高みの見物をされているようだ。緊張に体を強張らせている私たちの姿を見て、面白がっているのかもしれない。

ニューヨークに到着して、浮足立っていた気分を切り替えよう、と私は気持ちを新たに、姿勢を正す。とはいえ、この街に抱いた興奮と感動は、忘れたくはない。

私は、ここに来るまでの出来事を思い返した。

——話は、前日に遡《さかのぼ》る。

［1］ニューヨークへ

1

ニューヨークへは、午前十時半羽田《はねだ》空港発の便で向かう。

羽田空港国際ターミナルに着いた私は、待ち合わせ場所である三階エスカレーター近くのベンチに座って、好江さんを待っていた。

約束の時間よりも二十分ほど早い。

私はスマホを取り出して、ホームズさんにメッセージを送る。

『今朝は六時過ぎの新幹線に乗って、無事羽田に着きました。今、好江さんを待っているところです』

すると、すぐに彼から電話がかかってきた。

まさか電話が来ると思ってなかった私は、あたふたしながら通話ボタンを押す。

「ホームズさん、おはようございます。驚きました」

『おはようございます。すみません、出発前にどうしても声が聞きたくて』

ホームズさんは、少し申し訳なさそうな声で言った。

その姿が目に浮かぶようで、私の頬が緩む。

「いえ、私も声が聞きたかったので、嬉しいです」

『葵さん……』

「そうだ、上海は、楽しいですか？」

『楽しいですよ。食べ物は美味しいし、とても美しく魅力的な街です』

「美しいんですか？」

『ええ、小松さんと円生も、あまりに街が綺麗なんで、意外だと驚いていました』

私も、雑多な街というイメージがあったので、それは意外だった。

「そういえば、もう鑑定のお仕事は始まっているんですか？」

『今日の午後からなんです』

「がんばってくださいね」

『ありがとうございます』

「そして、お気をつけて」

『ええ、葵さんもどうかお気をつけて。何かあったら、時差など気にせずワンコールしてくださいね。こちらから必ず折り返しますので』

力強く言うホームズさんに私の頬が緩む。

たしかにニューヨークは治安が悪いイメージがあるし、心配なのだろう。

「分かりました、報告します」

そう答えた時、エスカレーターに乗って上がってくる好江さんの姿が目に入った。

「あ、好江さんが来たので、そろそろ」

『はい、好江さんによろしくお伝えください』

私は頷《うなず》いて電話を切った。

「葵ちゃん、おはよう。お待たせしちゃったかしら」

好江さんの声に、私は「いえ」と顔を上げて、驚いた。

彼女のすぐ後ろに利休くんの姿があったからだ。彼は目深くキャップを被り、Tシャツに革ジャン、デニムのパンツ姿で、ニッと笑っている。

なかなか活動的なスタイルだけれど、相変わらずの容姿の美しさから、ボーイッシュな美少女にも見えてしまう。

少し伸びた髪を、後ろで一つに結んでいるせいもあるかもしれない。

「母さんばっかずるいから、僕もニューヨークに行くことにしたんだよ」

「利休くんも?」

思わず声が裏返った。

「でも、安心して。僕は別行動だからさ」

私に何か言われる前に、と思ったのか、利休くんはすかさずそう言う。

利休くんまで京都を離れるとなると、『蔵』の店番は、店長たった一人になってしまう。

大丈夫なんだろうか?

そんなことを思っていると、利休くんは察したように口を尖《とが》らせた。

「ちなみに『蔵』は大丈夫だよ。珍しく、オーナーも店番してくれることになって」

「えっ、オーナーが?」

オーナーが店頭に立っている姿を思い浮かべてみる。

時々、店に来る印象しかないオーナーが……。

「なんだか、想像がつかない」

好江さんは、あら、と笑う。

「葵ちゃん。誠司《せいじ》さんは、清貴が高校を卒業するまでは、武史《たけし》さんと交代しながらだけど、ほぼ毎日のように店にいたのよ」

武史さん、というのは、店長のことだ。

「えっ、そうだったんですか？」

「清貴が大学に入ったことで、誠司さんも安心したみたいでね。自分はこれから、鑑定業一本で行きたい、って店から離れるようになったのよ」

へぇ、と私は相槌をうつ。

「今回、僕が『いいなぁ、僕もニューヨーク行きたいなぁ。でも、店番がいなくなっちゃうよねぇ』ってぼやいてたら、側にいたオーナーが『店のことはワシも見るし、気にせず行ったらええ。もうワシは店番くらいしかできひんやろ』とか言い出してね」

「オーナーが、店番しかできないなんて言ったんですか？」

信じられない。

ホームズさんが言う通り、何かあったんだろうか？

「ちょっと、いろいろあったみたいだけど、気にすることないわよ」

好江さんはさらりと言ったあと、「それより」と話題を変えた。

「利休は、ニューヨークまで、彼女に会いに行くのよねぇ」

私は「えっ」と目を丸くして、利休くんを見る。

「利休くん、彼女いたの？」

驚きからまた裏返った声で訊くと、利休くんは、ううん、と首を振る。

「彼女じゃないよ。会いに行くのは、幼馴染《おさなな じ》みなんだ」

「でも、幼稚園の頃、結婚の約束もしてたのよねぇ」

うふふ、と微笑ましそうに言う好江さんに、利休くんはわずらわしそうにするわけでも、ムキになるわけでもなく、まるでスルーするように話を続けた。

「一ノ瀬遥香《いちのせはるか》っていうんだけど、その子は今、ニューヨークにいるんだ。どうせ行くんだから、顔を見ようってくらいで」

その、さらりと話す様子から察するに、本当にただの幼馴染みのようだ。

「それより、そろそろ、手続きに行こうよ。そんなに時間ないと思うよ？」

呆れたように言って歩き出した利休くんに、好江さんは「そうね」と我に返った様子で、スーツケースを手にする。

そうして、私たちはチェックインカウンターへ向かった。


「あー、ビジネスいいなぁ。母さんばっか、ずるい。僕も乗りたいって言ったのに」

機内のエコノミーシートで、隣に座る利休くんが不服そうに言う。

好江さんは貯まっているマイルを使い、ビジネスクラスにアップグレードしたのだ。

「利休くんは、好江さんに『ビジネスに乗りたい』ってお願いしなかったんだ？」

「もちろんしたよ。けど、『自分で稼ぐようになってから乗りなさい』って一刀両断」

と、利休くんは肩を下げる。

好江さんらしい、と私は小さく笑う。

ようやくエコノミークラスの搭乗が始まり、私と利休くんは立ち上がる。

「葵さん、到着した時、向こうは朝の十時くらいだから、なるべく寝るようにしておいた方がいいよ」

日本では、夜十一時半頃の時刻が、向こうは午前十時。

飛行機の中で寝ておくのは、大事なことだろう。

言ってしまえば、夜行バスのようなものだ。

私は、うん、と頷いてシートに身を委ね、早速寝てしまおう、と目を閉じた。


——そうはいっても。

十三時間のフライトというのは、楽じゃない。

結構寝られたと思っても、数時間しか経っておらず、まだ太平洋の上だった。

やはり、エコノミークラスは窮屈だ。

数時間のフライトならさておき、十時間以上となると、居心地の悪さを感じずにはいられない。

せっかく貯めたマイルを、ビジネスクラスを利用するのに使った好江さんの気持ちが分かる気がした。

とはいえ、機内では割と新しい映画を観ることができる。せっかくだからと二本観たが、まだ時間はあった。

ふと、隣を見ると、利休くんも映画を観終えたところのようだ。

「そういえば、幼馴染みの一ノ瀬遥香さんって、どんな子なの？」

小声で訊ねると、利休くんは、うーん、と首を傾げる。

「……小柄でずっと陸上やってたから、細くて日焼けしてるんだ。髪もすごく短いから、よく男の子に間違えられてた」

へぇ、と私は相槌をうつ。

「その子は、ニューヨークに留学を？」

「留学というか、家が伝統工芸の職人でね。縁があってニューヨークに出店することになって、ちょうど高校も卒業するタイミングだし、遥香もついて行った感じなんだ。でも遥香は語学を習得したら帰国しようと思ってるみたい」

「伝統工芸って？」

「和傘を作っているんだ」

利休くんはそう話しながら、小さく欠伸をする。

私はへぇ、と洩らして相槌をうつ。

今、伝統文化が海外で受け入れられてきていると聞く。和傘もそうなのかもしれない。

しかし、どんな人が和傘を使うのだろう?

もしかしたら、オブジェのように使われるのだろうか?

「ねぇ、利休くん、その和傘は……」

ふと横を見ると、利休くんは腕を組み、アイマスクをつけた状態で、すーすー、と寝息を立てていた。

私は小さく笑って、利休くんの足許にずり落ちているひざ掛けを直した。

暇を持て余していたので、機内誌を開く。

目次を眺めながら、『世界で活躍する日本人』というタイトルの中に、『キュレーター』の文字が目に入り、パラパラとページをめくる。

白髪をそのまま生かしたグレーヘアーと、薄い色付きのサングラスが印象的な、初老の男性の姿が目に入った。

【現在、ニューヨークを拠点に活躍する美術キュレーター・篠原陽平《しのはらようへい》。彼は、父の仕事の関係で、ロサンゼルスで育つ。篠原のビジネスのスタートは、ニューヨーク近代美術館（MoMA《モマ》）だ。そこでの勤務を経て、美術界の権威であるトーマス・ホプキンスの許でアシスタントを務め、その後、フリーランス・キュレーターとなる。現在、世界をまたにかけて活躍。昨年は世界中のキュレーターと協力して、シンガポールで『現代アート展』を開催し大きな反響を呼んだ。そんな彼はこう話す。

『フェルメールやピカソやゴッホといった、誰もが名前を知っている過去の偉大な画家はもちろん素晴らしい。だけど、私はこれからの作家の作品、新しい感性を世に送り出すことに尽力したい。また、活躍の場がない若いキュレーターもたくさんいる。私がMoMAで働けたのは、数々の幸運が重なったためだ。そういう縁に恵まれない人はたくさんいるので、そういう方々にチャンスを与え、その才能を伸ばす手伝いをしたいと思っている』

こんな日本人がいたんだ、と私は記事を読みながら感心する。

彼がアシスタントを務めたという、トーマス・ホプキンスの名前は知っていた。

以前ホームズさんが、二か月ほど彼の許に修業に行っていたのだ。

ホームズさんもいずれ、世界中で活躍する鑑定士になるのだろうか？

そこまで思い、彼がすでに鑑定士として招かれて、上海に行っているのを思い出した。

もう、そうなりつつあるのだ。

私は機内誌を閉じて、もうアメリカの上空だろうか？　と目の前のディスプレイで現在地を確認するも、まだ海の上だった。

「………」

地図で見ても遠いニューヨークは、実際にこんなにも遠い街なのだ。

ひと昔前ならば、そう簡単には辿り着けない場所だっただろう。

そう思えば、このフライト時間は、決して長くはないのかもしれない。

飛行機は、雲よりも高く空を突っ切って、都市と都市を結ぶ。

自分を運ぶこの機体に感謝の念が沸き上がってくるのを感じながら、私は目を閉じた。

2

そうして、離陸から約十三時間後。飛行機は無事、ジョン・F・ケネディ国際空港に着陸した。

入国審査の列に並びながら、私は少しぼーっとした頭で、窓から眩しく差し込む太陽の光を眺める。

スマホの電源を入れると、ちゃんとニューヨーク時間に切り替わっていた。

もうすぐ、午前十一時になるところだ。

「葵ちゃん、寝られた？」

好江さんは、溌剌《はつらつ》とした笑顔で私の顔を覗く。

「はい。トータルで五時間ぐらいは……。好江さんはとてもお元気そうですね」

「ええ、私は食事の時以外は、ぐっすり寝たから」

その前で利休くんが、ふわっ、と欠伸をしながら言う。

「さすが、ビジネスクラスはいいよね」

「あら、眠れない人は、ファーストクラスでも駄目みたいよ。私は寝られるタイプなのよ。利休は眠れた？」

「まあまあね」

入国審査のカウンターには、体格が良く濃紺の制服を纏《まと》ったアメリカ人男性たちが険しい表情で待機している。小一時間かかって、ようやく私たちの番になった。

好江さんや利休くんはカウンターに進み、慣れた様子で「ハーイ」とにこやかに手を上げて、パスポートを差し出している。

私もドギマギしながら、チェックを終えてゲートを抜けた。

いよいよ、アメリカ。ニューヨークだ。

藤原慶子さんやサリー・バリモアに会うのは明日を予定しているため、今日は特に予定はないそうだ。

「今日は、眠くてもなるべく夜まで起きているようにがんばりましょうね。そして早めに寝て、コンディションを整えるのがベストよ」

時差対策ですね、と私は頷く。

「ということで、今日はニューヨークを散策しましょう。そうそう利休はどうするの?」

振り返って利休くんを見ると、スマホを手に自撮りしていた。

「なぁに、またSNS?」

「うん、まぁね」

利休くんは最近、写真をメインとしたSNSを始めていた。

自撮りをしているけれど、顔をすべて出しているわけではない。載っているのは、いつも片目を含めた顔の三分の一くらいだ。景色とともにピースサインをしている手の写真、そして描いた建物の設計図などをUPしていた。

本名も性別も明かしていないので、チラッと少しだけ写っている顔から美少女だ、いや、美少年だ、と憶測を呼び、フォロワーも増えている。けれど利休くんは、リフォローするわけでも、コメントを返すわけでもない。

「ちなみに僕は、とりあえず、ホテルに荷物を預けたあと、遥香のところに行く予定だよ」

「私も遥香ちゃんの顔を見たいけど……邪魔しちゃ悪いかしら？」

好江さんはからかうように言うが、利休くんは少しも動じる様子はない。

「別に。遥香も、母さんや葵さんに会いたいと思うけど？」

「私にも？」

どうして？　と私は自分を指差した。

「うん。遥香も清兄《きよにい》のファンなんだ。だから葵さんに会ってみたいって、ずっと言ってたんだよ」

えっ、と私は目を剥いた。

利休くんはいたずらっぽく笑って話を続ける。

「あんなに完璧な清兄が夢中になるくらいだから、葵さんはきっと素晴らしい女性に違いない。ぜひ会ってみたい、って熱っぽく言ってたんだよ」

ええっ？　と私の声が裏返る。

「そ、それで、利休くんはなんて答えたの？」

「『会ってみれば、分かるよ』って答えたけど」

「そうなんだ……」

逆にハードルが上がってしまっている気がする。

「あら、いいじゃない。せっかくだから、みんなで遥香ちゃんに会いに行きましょうよ」

好江さんは陽気に手を打ち、私の方を見た。

「そうそう、遥香ちゃんの家は、代々和傘の職人さんなのよ」

「はい。機内で利休くんに教えてもらいました。ニューヨークにも店を出すなんてすごいですよね」

ええ、と好江さんは、説明をしてくれた。

彼女の家の和傘店の本店は祇園《ぎおん》にあり、近年、嵐山《あらしやま》や宇治《うじ》にも支店を出しているそうだ。

海外はこのニューヨークが初めての出店で、もう一年半になるという。

「葵ちゃんも一緒に行かない？」

「はい、行ってみたいです」

私に対するハードルが上がってしまっているようで、遥香さんに会うのは気後れする。

けれど、このニューヨークにある和傘の専門店を見てみたかった。

「それじゃあ、まず、ホテルにチェックインね」

今日泊まるホテルはグランドセントラル駅の近くなのよ、と好江さんは歩きながら話す。

皆で歩き出した時、利休くんが「あれ、なんか、メッセージが来た」とスマホを取り出した。

画面を確認し、利休くんは、「ええっ？」と裏返った声を上げた。

「えっ、利休くん。どうかした？」

「あーいや。なんでもない」

利休くんは頭に手を当てて、仕方ない、という様子で息をついている。

「……葵さんに母さん、ニューヨークは危険な街だから、僕から離れないようにね」

急に鋭い眼差しを見せた利休くんに、好江さんが噴き出した。

「やだ、利休。一昔前と違って、今のニューヨークはそんなに治安は悪くないのよ」

「分かってるよ。でも、ここは日本じゃないんだしね」

険しい表情のままそう続けた利休くんに、私と好江さんは、急にどうしたんだろう？　と顔を見合わせて首を傾げる。

実は、先程のメッセージはホームズさんからであり、私のボディガードをするよう頼む内容だったことを後から知るのだけど――、この時の私は気付くことはできなかった。

3

　せっかくニューヨークに来たのだから、タクシーではなく地下鉄で移動しよう、という好江さんの提案に私も同意して、空港から出てすぐのところにある駅へと向かった。

「地下鉄は危険じゃない？　いや、もしかしたらタクシーの方が、事故に遭いやすいかもしれないし、むしろ地下鉄の方がいいのかな？」

　などとぶつぶつと話しながら、利休くんは後ろを歩いている。

「ニューヨークにはかなり来ているんだけど、空港からはいつもタクシーだったのよね」

　私たちは空港を出てエアトレインに乗り、地下鉄に乗り換える。ちなみにエアトレインというのは、広い敷地に点在する航空ターミナルを巡回する電車だ。

　慣れた様子の好江さんだけれど、ホームまで来て、『to Jamaica《ジャマイカ》』という表記に、戸惑ったように目を瞬かせた。

「ジャマイカ？　ジャマイカって、ボブスレーチームで有名な国よね？」

　そう話す好江さんに、私は「えっ？」と声を上げる。

「いえ、好江さん、『ボブスレー』って、そもそも北国のスポーツですよね？」

「あら、やだ、葵ちゃん。南国のジャマイカがボブスレーで冬季オリンピックに出場したの知らないの?」

「ええっ、そんなことが?」

「嘘でしょう? ものすごく有名な話よ。『クール・ランニング』って映画にもなったじゃない」

「知らなかったです」

「やだ、これがジェネレーションギャップなのかしら?」

ショックだわ、と洩らす好江さんの後ろで、利休くんが呆れたように腕を組んだ。

「とりあえず、『ジャマイカ』って名前の駅があるんだよ。そこで『E』ラインに乗り換えたら、マンハッタンまで行くから」

あら、そういうことなの、と好江さんは悪びれずに相槌をうつ。

「利休くん、詳しいね。ニューヨークには何度も来てるの?」

「ううん、僕も初めて。ガイドブックの地下鉄路線図を見ただけだから」

そんな話をしていると電車がやって来たので、私と好江さんはそのまま乗車し、利休くんは警戒するように周囲を見回しながら、最後に乗った。

エアトレインは、すぐにジャマイカ駅に着いた。私たちは地下鉄に乗り換える。

利休くんはホームで、訝しげに周囲を見ている。

「利休くん、どうかした？」

「……ううん、なんでもない」

その時、ちょうどシルバーの電車がやってきたので、私たちはそれに乗車した。

ニューヨークの地下鉄というと、落書きだらけで殺伐《さつばつ》としたイメージを抱いていたけれど、実際の車内は清潔感があり綺麗だった。

車内はとてもすいていたので、私たちは遠慮なくシートに腰を下ろす。

「こんなに綺麗なんて意外です」

ぽつりとつぶやいた私に、好江さんは「そうなのよ」と力強く頷いた。

「八〇年代頃は、男の人でも一人で乗るのが怖いと言われていたんだけど、今や改革が進んで、綺麗で安全になったのよね」

そうなんですね、と私はあらためて車内を見回した。

親子連れや、学生と思われる若い女の子たちが、愉しげに語らっている姿も見える。

そういえば、ホームズさんが、上海の街もとても綺麗だと話していた。それを聞いた時、とても意外に感じたのだ。

私が抱いているイメージは、偏見も含めて、親の世代から自然と引き継いだものなのかもしれない。

こうして、実際に来てみなければ分からないことは、たくさんあるのだろう。

自分で確認して、情報をアップデートしていくのは、必要なことだ。

私は、うん、と頷きながら、バッグから翻訳機を取り出す。

ワイヤレスフリーのイヤホンを片耳に入れて、翻訳機を起動させると、相手が話した言語が日本語に翻訳されて耳に届く。

また、私が話すと、翻訳機がそれを指定の外国語に訳してくれる。

会話にタイムラグは出るだろうが、これがあればなんとか意思を通じ合える。

それにしても、すごい時代になったものだ。

もっと先の未来では、翻訳機さえあれば外国語を勉強する必要がなくなってしまうかもしれない。

4

地下鉄に乗って約一時間。

私たちは電車を降りると、大きなスーツケースを持って改札を出た。

ニューヨークの改札は、切符売り場で購入したメトロカードを機械の右側にあるカードリーダーにスライドさせて、バーを、ガチャン、とターンさせながら、通り抜ける。

好江さんはこのバーをターンさせるのに手こずり、まるで牢屋から脱出しようとする囚人のように、必死に改札を通っていた。

ああ、もう、と好江さんは顔をしかめる。

「海外の電車を利用するたびに、日本の改札がいかに素晴らしいか、痛感するわよね」

「……自分が電車で移動しようって言っておきながら、なんなんだろうね」

利休くんは呆れたように言いながら、すんなり改札を通る。

「いよいよ、マンハッタンね。結構、時間がかかるものなのね」

空港からマンハッタンまでの約一時間、好江さんは、長く感じたようだけど、私はそうではなかった。

地下鉄は時々、地上も走っていて、窓からの景色を眺めているだけで楽しく、アッという間だった。

階段を上りきって、私は顔を上げる。

「――っ」

目の前の光景に、言葉を失った。

巨大なビルが立ち塞《ふさ》がるようにそびえ立っている。建ち並ぶビル群のデザインは、近代的なものもあれば、歴史を感じさせるレトロで情緒のあるものも多い。同じような大きさのビルは日本の都市にもあって、今さら大きなビルに驚くほど都会を知らないわけではない。

だというのに、ニューヨークのビル群は、なぜかとてつもなく巨大に感じられた。街が発する巨大なエネルギーを、建物の一つ一つが纏っているからなのかもしれない。行き交う車に、自転車ですいすいと駆け抜ける若者、ホットドッグを売っているスタンド――何もかもが映画や海外ドラマで観たことのある光景であり、自分はまるで画面に吸い込まれて、その世界に入ってしまったような不思議な感覚に襲われる。

マンハッタンという街を前にして、私は呼吸を忘れるほどに気圧された。

「いや、すごいね、ニューヨーク……」

利休くんも同じ感覚を抱いたのか、ごくりと喉を鳴らす。

うん、と私も息を呑むようにして同意した。

「本当にすごい……」

私たちが立ち尽くしていると、通りかかったアフリカ系アメリカ人のふくよかな女性が、あらあら、と足を止めた。

『あなたたち、迷ったの？　大丈夫？』

すると好江さんが、にこやかに答えた。

『ありがとう、大丈夫です。マンハッタンに到着したばかりで、感激していたんです』

『あら、嬉しいわね。あなたたちは、日本人？』

はい、と私たちが頷くと、彼女は、ふふっ、と笑う。

『日本、良いところね。私も大好きよ。ニューヨークを楽しんで』

You're welcome.《ユアウェルカム》と、手を振って彼女は、歩き去る。

私たちは、サンキュー、と手を振り返した。

彼女の背中を見送りながら、じんわりと胸が熱くなる。

まるで、ニューヨークの街に歓迎してもらえた気がした。

大都会でありながら、行き交う人の雰囲気はとても温かく、どこかのんびりしている。

「どうしよう、利休くん。私、ニューヨーク、大好きになった」

そうつぶやいた私に、単純、と肩をすくめながら、「でも、分かる」と利休くんが笑う。

「さっ、ホテルはこっちよ」

歩き出した好江さんに、「あ、はい」と私は気を取り直して、後を追う。

目の前に広がるマンハッタンの景色を眺め、これからのことに胸をわくわくさせながら、私は街を歩く。

『ザ・キタノホテル　ニューヨーク』というホテルのロビーに荷物だけを預けて、私たちはそのままSoHo《ソーホー》に向かうことにした。

5

SoHoは、『South of Houston Street《サウス オブ ハウストン ストリート》』の略だそうだ。

その名の通り、マンハッタンのダウンタウンにあるハウストン通りの南側に位置している街だ。

若いアーティストが集うファッションとセンス、アートな街という印象が私にはあった。

SoHoへは、好江さんの意向により、タクシーで来ていた。

タクシーを降りると、英国を思わせる歴史的建造物がそこかしこに見受けられた。

それらは高級ブティックやセレクトショップ、レストランなどにリノベーションされていて、街は新旧が混在した独特な魅力を放っている。

利休くんは、そんなレトロな建築物を前に目を輝かせてデジカメを構えていた。

「これがSoHoのカースト・アイアン！　一度、この目で観たかったんだ」

興奮気味に言う利休くんに、「カースト・アイアン？」と私は小首を傾げる。

「『カースト・アイアン』っていうのはね、十九世紀中頃に、イギリスから伝えられた建築様式なんだ。SoHoにはいくつも現存しているんだよ」

私は味わい深い英国風建造物を仰ぎながら、あれが、と頷く。

「ニューヨークは、ほとんど地震がないから、そうした古い建物がちゃんと残っていてね。歴史建造物保存指定地区でもあるんだよ」

利休くんはそう話しながら、嬉しそうに写真に収めていく。

「さすが、建築家志望。建物が好きなんだね」

しみじみと言うと、利休くんは少し照れたように「まぁね」と肩をすくめる。

建物を見学しながら歩いていると、『OMEN《おめん》』という、うどん屋が目に入る。

「ここね、銀閣寺《ぎんかくじ》の近くに本店があるうどん屋さんなのよ」

と、好江さんが教えてくれた。

利休くんの幼馴染み一ノ瀬遥香さんの父親が出店したという和傘の店は、そのうどん屋の近くにあった。

『和傘～WAGASA～』という看板の下に、『Japanese umbrella《ジャパニーズ　アンブレラ》』という文字がある。

入口は、和モダンな格子状の引き戸で、扉は開放されたままだ。

店内に足を踏み入れると、色とりどりの美しい和傘が開いた状態で壁に掛けられていた。

店の奥に作業スペースがあり、作務衣《さむえ》を纏った五十代くらいの男性が真剣な表情で和傘の骨を組んでいた。

彼がここの店主で、遥香さんの父親だろう。

「どうも、こんにちはぁ」

利休くんが声を上げると、店主は顔を上げて「ああ」と嬉しそうに微笑む。

「利休くん、好江さん、よく来てくれました。おーい、遥香、利休くんが、来てくれたぞ！」

にこやかに挨拶《あいさつ》した次の瞬間、店主は階段に向かって声を張り上げた。

そのイントネーションから、彼は関西の人間ではなく、関東出身であることが分かった。

京都の和傘職人ということだけど、大人になってから京都に移住したのかもしれない。

「はぁーい」

元気な返事とともに、ドタバタと階段を勢いよく駆け下りてくる足音がする。

最後に足を滑らせて、尻餅《しりもち》をついたのか、大きな音もしていた。

まったく、と店主は呆れたように額に手を当てるも、利休くんは「遥香は相変わらずだなぁ」と愉しげだ。

「り、利休っ」

暖簾《のれん》から顔を出したのは、ショートカットで日焼けした女の子だった。目がぱっちりとしていて可愛らしく、決して男の子のような感じはしない。

利休くんは、彼女を見るなり「あれ？」という様子で、目をぱちりと開いた。

遥香さんは、「あー」と声を上げて、手をかざした。

「言わないで。そう私、太ったの。だってしょうがないでしょう？　陸上やめちゃったんだから！」

何か言われる前にと思ったのか、彼女は早口で言う。

「まぁ、言うほど太ってはいないと思うよ？」

「言うほどって……」

遥香さんは面白くなさそうに口を尖らせるも、気を取り直したように明るい顔を見せた。

「それより、利休、好江ママ、会いに来てくれてありがとう」

「遥香ちゃん、本当にお久しぶり。元気そうね」と好江さん。

「好江ママもお変わりなく、相変わらずお綺麗で……」

遥香さんは、にこやかな笑みを返し、そのまま私に視線を移して、動きを止めた。

「えっと……こちらの方は？」

「ああ、噂《うわさ》のカノジョだよ。遥香も会いたいって言ってたよね？」

「――えっ？」

彼女は目を大きく見開いて、何度も私と利休くんを交互に見た。

次の瞬間、「あ、ああ」と大きく頷いて、手を打つ。

「そ、そうなんだ。利休ってば、カノジョができたんだ。そして連れて来てくれたんだ。うん、私言ったわ。利休にいつか恋人ができたら会いたいって言ってた。そっか、それで、わざわざここまで……」

一見明るく振る舞いながらも、彼女が利休くんの言葉を誤解して、ショックを受けていることが伝わってきた。

私が慌てて訂正しようと、「あの、遥香さん」と手を伸ばしかけるも、

「ごめんなさい！　せっかく来てくれたのに、今日は急に用事が入ってしまったの。それじゃあ、ニューヨーク、楽しんでね！」

彼女はそうまくし立てて、勢いよく店を飛び出していった。

「お、おい、遥香。今日は利休くんが来てくれるからって、前から楽しみにしてたんだろ？　急な用事ってなんだよ？」

店主が遥香さんの背中に叫ぶも、すでにその姿は見えなくなっている。

「ほんと、遥香は、相変わらずだなぁ……」

利休くんは、やれやれ、と肩をすくめる。

店主は申し訳なさそうに、頭に手を載せた。

「悪いね、せっかく来てくれたのに」

「ううん、急な用事なら、しょうがないし」

気にも留めていないように言う利休くんに、女心を分かってないんだから、と私は顔をしかめた。

「ところで、清貴君は一緒じゃないのかな?」

店主は首を伸ばして、ホームズさんはいるのだろうか、とその姿を探した。

「ううん、清兄は一緒じゃないよ。今、仕事で上海に行ってるんだ」

「相変わらず、あちこち飛び回っているんだね」

店主は、少しがっかりしたように肩を落とす。

「あれ? おじさん、清兄に会いたかったの?」

「いやはや、清貴君は、いつも的確なアドバイスをくれるから。宇治に新店を出す時も、いろいろ助言してくれて、それがとても的を射ていて助かったし、このニューヨーク店の状態も見てもらいたかったんだよ」

店主は力なく言って、店内を見回す。

和傘がディスプレイされて、並んでいる様子はとても美しい。

京都の観光地にある和傘専門店で見る雰囲気そのままだ。

これは、外国人の心をつかみそうだ、と思うのだが……店内には客が一人もいないのだ。

好江さんもその状態に、あら、と頬に手を当てる。

「和傘は、ニューヨーカーの心に響かなかったのかしら？」

「そういうわけでもないんです。オープンして少しの間は、物珍しさもあってお客さんも来てくれてたんですよ。ですが、今やほとんどこの状態。和モノが好きな人も、そう何度も和傘を買わないのでしょうね」

利休くんは、そっかぁ、と苦笑する。

「私は、関東からの入り婿《むこ》なんですよ。和傘職人の許に弟子入りして、そのままそこの娘と結婚して後を継いで……自分では素晴らしいものを作っているつもりなのに、いつまでも師匠――義父には認めてもらえない。支店を増やして売り上げを上げても、目にも掛けてくれない。なんだかムキになり続けた結果、気が付くとこんなところにまで支店を出していたんですが、ここは閑古鳥《かんこどり》で……そろそろ、店を畳んで帰国も考えた方が良いのかもしれないですね」

店主は寂しそうに言って、店内を見回す。

今日、ホームズさんが来たら、いろいろ相談に乗ってもらいたかったのだろう。

和傘のことはよく分からないけれど、私には、どの和傘も雅《みやび》で美しく見える。

「ああ、つい、愚痴を失礼しました」

彼は話し過ぎた自分を恥じるように、頭を掻《か》く。

利休くんは、ううん、と首を振る。

「清兄もちょくちょくニューヨークに来ているし、ここに顔を出すよう話しておくね」

店主は、ありがとう、と微笑む。

「それにしても、遥香のことは申し訳ないね。昨日まであんなに張り切っていたのに」

「気にしないで、おじさん。まだしばらくいるし」

「ええ、また、お邪魔できたらと思います」

「はい、ぜひ顔を出してください」

私たちは会釈し合い、お邪魔しました、と店を出た。

外に出るなり、利休くんは「お腹空いたなぁ」とスマホを取り出す。

「……ねぇ、利休くん、いいの？」

私が小声で訊ねると、

「何が？」

利休くんは、表情も変えずに私の方を向く。

「遥香さん、誤解してたよ」

「別に。面倒くさいから放っておく」

利休くんは投げやりに言って、頭の後ろで手を組む。

「面倒くさいって……」

私が顔をしかめるも、利休くんはそんな私をスルーして、好江さんに向かい、あのさぁ、と声を張り上げた。

「母さん、そろそろ何か食べようよ？　気が付けば昼も食べてないのにもう夕方じゃん。さすがに、疲れと空腹と睡眠不足で、頭ふらふらしてるよ」

好江さんは、本当ね、と頷く。

「それじゃあ、何を食べましょうか？　そうだ、葵ちゃん、牡蠣《かき》は食べられる？」

私は、わあ、と手を打った。

「牡蠣、大好きです」

「それなら良かった。おすすめのオイスターバーがあるの。そこで少し早めの夕食を摂《と》って、そのあとはホテルで休みましょうか」

「オイスターバーなんて、ニューヨーカーという感じですね」

私が、楽しみ、と口に手を当てる。

「うん、そうしようそうしよう」

利休くんも、わーい、と諸手を挙げて歩き出した。


好江さんがおすすめするオイスターバーは、グランドセントラル駅の構内にあった。アーチ状の天井に、赤と白のギンガムチェックのクロスが掛けられたテーブルが並んでいる。古き良きアメリカを思わせる、レトロで情緒ある店内だ。

オーダーは好江さんと利休くんに託すと、やがてテーブルにさまざまな種類の生牡蠣、牡蠣フライ、シュリンプ、フライドポテトに、ブルックリンラガーという種類のビールが届いた。グラスはジョッキでなく、大きめのコップだ。

「それじゃあ、マンハッタンに乾杯」

カチン、とコップを合わせて、ビールをグイッと飲む。

「……あ、美味しい」

たくさん移動して、疲れているせいなのだろうか？

これまで、ビールを飲んでも特に美味しいと思ったことはなかった。けれど、このブルックリンラガーは、心身に染み入るように美味しいと感じる。

「牡蠣は、そんなに大きくないけど、味が濃厚だね」

「うん。北海道や広島の牡蠣のぷりっとした肉厚には敵《かな》わないけど、味がしっかりしていて美味しいね」と私は生牡蠣を堪能しながら、頷く。

好江さんは、もうビールを飲み干し、お代わりを頼んでいた。

「母さん、倒れないでよね」

冷ややかに肩をすくめる利休くんに、好江さんは、大丈夫、と口角を上げる。

「その時は、頼りがいのある息子に運んでもらうから」

「無理だよ。僕は強いけど、力はそんなにないんだ。自力でがんばって」

二人はずっとこんな調子でやってきたんだろう。

微笑ましい親子のやり取りに、私の頬が緩んだ。

オイスターバーで腹ごしらえをした私たちは、ホテル『ザ・キタノホテル ニューヨーク』に戻った。

ここは、名前から察するように、日本人が経営するシックなホテルだ。

先程預けた荷物は、すでに部屋に届けられているということで、私たちはエレガントなロビーを眺めながら歩き、エレベータに乗り込む。

ホテルの部屋は、私と好江さんが一緒で、利休くんとは隣同士だ。

「それじゃあ、母さん、葵さん、お休みなさい。勝手にホテルの外に出たりしないでね。外に出たくなったら、僕に声をかけるように。特に葵さん、絶対に勝手な行動しないでね。朝の散歩したくなったら、僕に連絡して」

部屋に入る直前、利休くんは、念を押すように言う。

「はいはい、いきなり心配性ね。お休みなさい」と好江さん。

「うん。分かった」

私は利休くんに、「お休みなさい」と手を振って、好江さんとともに部屋に入った。

室内はとてもシックで洗練された印象だ。セミダブルのベッドが二つ並び、ソファーにデスクにテレビと、すべてのサイズが大きく、ゆったりとしている。

「わあ……」

驚いたのは、窓の外に見えるマンハッタンのビル群だった。

ライトアップされたエンパイア・ステートビルを望むことができる。

「本当に、映画の中に入ってるみたい……」

窓の前に立って張り付くように眺めていると、好江さんは私の隣に立って、分かるわ、と愉しげに微笑む。

「私が初めてニューヨークに来たのは、七年前のことでね。今の葵ちゃんのように、『映画の中に入ったみたい』と感動したの。だって幼い頃から観てきた映画やドラマの世界が、そのままリアルに広がっているんですもの」

私は窓の外に目を向けたまま、うんうん、と相槌をうった。

「そしてこうも思ったの。『もし、学生の頃にこの街に来ていたら、私は何としてもここに住みたいと、どんな努力でもしたんじゃないか』って」

その言葉に驚いて、私は振り返って好江さんを見る。

好江さんは、いたずらっぽく笑いながら、そっと窓に手を触れた。

「そのくらい、この街に圧倒されて、魅了されたのよ」

地下鉄の駅から出て、ニューヨークの街に出た時の感覚が蘇《よみがえ》る。

「分かる気がします」

ぽつりとつぶやくと、好江さんは「あら」と目を輝かせる。

「葵ちゃん、ニューヨークに留学しちゃう？」

留学、と聞いて、鼓動が跳ねた。

「あー、でも、清貴が寂しがるわね」

「そうですね」

今回のように、わずかな期間離れ離れになるのとは、事情が違う。本格的に留学となったら、ホームズさんは悲しそうにするだろう。やんわりと反対されるかもしれない。

「まぁ、もし、寂しがったとしても、気にしなくていいわよ」

あっけらかんと言う好江さんに、私は思わず笑う。

「でも、ニューヨークに留学なんて、現実的じゃないですよ」

「そうかしら。もし、サリーに気に入ってもらえたら、それも可能かもしれないわよ」

その名を耳にして、急に引き締まった気持ちになった。

「あの、サリー・バリモアってどんな方なんですか？　自分でも事前にネットで調べてはみたんですけど……」

彼女の経歴やインタビュー記事など確認して、彼女がどんな人物なのかチェックはしている。だが、実際に会ったことがある好江さんの意見を聞きたかった。

「会ったことはあるけど、パーティで挨拶したくらいだから……」

好江さんは、そうねぇ、と頬に手を当てた。

「サリーは今、たしか五十代くらいだったかしら？　ブロンドヘアを短くしている、綺麗でスマートな女性よ。とても堂々としていてね。噂では、かなり厳しいという話も聞くけれど……」

そこまで話し、まぁ、明日には分かるわよ、と好江さんは私の背中をポンッと叩く。

そうですね、と私は小さく頷いた。

「それより、今夜はもうクタクタだわ。お風呂、先にいただくわね」

どうぞ、と答えて、私は再び窓の外を眺めた。

ガラスに映る自分の顔は、少しむくんでいる。

無理もない。飛行機で少し寝たとはいえ、日本を出発してからほぼ丸一日起きているのだ。

だが、ずっと興奮状態だったためか、疲れは感じていなかった。

「ちゃんと寝て、体力を回復させないと」

一体、どんなことをするのだろうか？

そんなふうに、私が明日からのことに想いを馳《は》せている頃——。

「——あ、清兄？　うん、無事ホテルに帰ってきたよ。たしかに、何者かに見られている気配はしてる。けど、殺気は感じないし、ＳｏＨｏまではついて来ていなかったんだよね。

だからずっと付きっ切りでもないみたい。えっ、要求を呑むことにしたって？　そっか、それなら、殺気がないのも納得かな。

とりあえず、清兄に送る写真を撮るための監視なんだね。分かってる、だからといって油断はしないし、葵さんには勘付かせないから。うん、こっちは僕に任せて」

隣の部屋では、利休くんとホームズさんが深刻な話をし、私の身を案じているなんて、露ほども思わずにいた。

それは、ニューヨーク一日目の出来事。

［2］藤原慶子の見解とサリーの試験

1

サリー・バリモアのオフィスがあるビルは、タイムズスクエアの北側にある。

その日はサリーが招いた『キュレーターの卵』が一堂に介するということで、最上階の会議室をレンタルし、彼女のアシスタントたちは準備に勤《いそ》しんでいた。

藤原慶子は、他のアシスタントとともに、長テーブルやパイプ椅子を出して並べたり、サリーが座る一人掛けのソファーを窓の前に設置したりしていた。

『ねぇ、結局、「キュレーターの卵」は何人集まるんだったかしら？』

慶子の問いかけに、洗練されたスーツを纏ったアフリカ系アメリカ人のスマートな女性は、『そうね』とテーブルの上に置きっぱなしになっていた資料を手に取って確認した。

『十四人よ。みんな学生だった』

『十四人……。最初はどうなるかと思ったけれど、結構集まったのね』

慶子がしみじみと言うと、ブロンドヘアを綺麗に結い上げた白人の女性が『本当ね』と笑う。

『そもそも、「女性キュレーターの卵」なんて、もし心当たりがあっても、なかなか声を掛けられないわよね』

そう言って肩をすくめた彼女に、そうそう、と皆は苦笑した。

『どうせ、集めたところで、「どれも見込みがない」とか言って、すぐ帰されるに決まってるわ』

『その可能性は高いわね』

『本当に気まぐれなんだから……』

『私は可愛がっている後輩が来るんだけど、嫌な思いをさせるんじゃないかって不安だわ』

『分かるわ、気が重い』

『でも、交通費はサリーが負担しているわけだし、良いじゃない』

口々に言い合うアシスタントたちの言葉を聞きながら、慶子は何も言わずにいた。

皆は、いずれ自分が独立した時にアシスタントにしたい、と思っている後輩に声をかけているようだ。

その点、私の場合は事情が違っている、と慶子は頰を緩ませた。

『あら、慶子は何をニヤニヤしているの？』

隣にいた女性にそう問われて、慶子は慌てて表情を正す。

『ニヤニヤなんて……。私の場合は、特に付き合いがない子を呼んだから、気が重いということはないだけで』

真城葵の姿が、脳裏に過る。

自分が一目置いている青年・家頭清貴が連れていた少女だ。

あの頃は、高校生だっただろうか？

すぐに清貴にとって特別な存在であることは、分かった。

幼さが残る彼女を見て、清貴はロリコンだったわけだ、と落胆し、苛立ったのは、鮮明に覚えている。

そんな彼女がサリーに一蹴されても、自分は痛くも痒くもなかった。

『あら、そんな子を呼んで大丈夫？』

『そうよ、あまりにひどい子を呼んだりしたら、怒られるのはあなたなのよ』

たしかに、と慶子は腕を組んだ。

『でも、まぁ、できる子ではあったのよ』

樂茶碗の陶工を言い当てた葵の姿を思い浮かべる。

『そうそう、サリーったら自分で言い出した企画のくせに……この前もね「もうすぐ学生たちが来ますね」って言ったら、「ああ、そんなことをやるんだったわね」なんて言ったのよ。きっと半分忘れていたのよ』

アシスタントの言葉に、慶子は我に返った。

『仕方ないわよ、今手掛けているプロジェクトも大詰めなんだし』

五番街に新たなビルが建ったのは、去年のこと。

そこで初めて、美術展示会が開かれることになり、サリーはそれを手掛けている。

タイトルは『光と陰～フェルメールとメーヘレン～』。

『真珠の耳飾りの少女（青いターバンの少女）』で世界的な人気を誇るフェルメールと、その贋作づくりに人生を捧げたといっても過言ではないメーヘレン。

近年、その贋作師メーヘレンにも注目が集まっている。

そこに目を付けたサリーは、今回の企画を提案した。まさに光と陰を引き立てる展示会場をシミュレートして見せて、見事にクライアントの心をつかんだのだ。

そのプロジェクトには、もちろん慶子たちアシスタントも奮闘している。

さらに、他の案件でも、予期せぬトラブルに見舞われており、対応に追われているところだ。

正直に言うと、この忙しい時に、学生を呼んで勉強会なんてしている場合ではない。

だが、不満を言うわけではない。

サリーには、サリーの考えがあるのだろう。

思うことは諸々あるが、慶子はサリーの才能に敬服していた。

『フェルメールのプロジェクトといえば、展示可能な作品すべてが揃わないかもしれないから、サリーは随分、イライラしてたわよね』

『そうそう、MoMAの改装工事中を狙ったから、普通なら不可能なフェルメール作品も集められていたんだけど、上海でも大きな展示会があるから、そこに持って行かれるかもって』

『その交渉をしようとパーティに参加して、うっかり宿敵に再会して、「この世界に女性なんていらない」なんて言われちゃったりしたしね』

仲間たちの話を聞きながら、慶子は、うーん、と唸る。

『それ、腑《ふ》に落ちないのよね。私が知る限り、あの人は女性蔑視をするような人じゃないのよ。どちらかというとフェミニストだと思ってたんだけど……』

『でも、宿敵がサリーにそう言い放つ様子は、チーフが目撃していたのよ。サリーも怒って、パーティ会場を飛び出したくらいだから、嘘はつかないでしょう』

『どうかしら。彼の評判を落とそうとしたのかもよ？』

『ううん、サリーもチーフも、彼の個人名を外の人には明かしてないから、個人攻撃ではないみたい』

そんな話をしていると、慶子のポケットの中でスマホが鳴動した。

受付からの電話だ。ロビーに好江たち一行が到着したという報告だった。慶子は、彼女たちを応接室に通すよう伝えて、電話を切った。

『ごめんなさい。少し早いけど私が呼んだ学生が到着したから、迎えに行ってくるわ』

慶子は、好江に『今行きます』と返信して、スマホをポケットに入れる。

『こんなに早く来るなんて、さすが日本人は真面目なのね』

感心する皆に笑みを返して、慶子は会議室を出た。

好江たちの到着は、サリーが指定した集合時間より一時間早い。早めに来てほしい、と伝えていたのだ。

彼女たちに早く来てもらうことで、その応対を理由に準備をサボってしまおうと目論《もくろ》んでいたためだ。

「早く来てもらうことにして良かったわ」と、慶子はつぶやいた。

葵がサリーに追い出されるのは仕方がないとしても、せめて、サリーに激怒されない程度であってほしい。

一時間もあれば、多少の対策ができるだろう。

慶子はエレベータに乗って階下に移動し、好江たちがいるであろう応接室に向かう。

歩きながら、それにしても気が重い、と額に手を当てた。

——真城葵のことは、あまり好きではないのだ。

彼女自身に問題があるわけではない。

清貴の恋人が、あの娘《こ》なのかと思うと、残念で気が滅入《めい》るのだ。

慶子は、小さく息をついて、清貴の姿を頭に思い浮かべる。

端整な顔立ちに抜群のスタイル、博識でスマートな立ち居振る舞い。それに加えて抜きん出た才能と将来を約束された環境を持っている。それらを武器に、彼がその気になれば、何者にもなれるのではないか、と本気で思わされた。

あれは今から、数年前のこと。

かつて自分は、清貴と親しくなりたいと思い、彼ならば必ず興味を惹かれるであろう、貴重で珍しい美術資料全集を餌《えさ》に、彼を自宅に招いたのだ。

その作戦は成功し、清貴は部屋にやってきた。

美術書なんて、ただのきっかけだ。

そこから深い仲になれたら、と思っていた。だが、残念なことにそうはいかなかった。

清貴は二日間、ソファーに座ったまま寝食を忘れるほど、美術資料にのめり込んだのだ。

すべて読み込んだあと、彼は目の下にくまを作った状態で嬉しそうに微笑んでこう言った。

『貴重なものを読ませていただき、ありがとうございました。おかげで、充実した気持ちでいっぱいです』

「…………」

あの時のことを思い出すと、軽い殺意すら覚える。

〝あなたとは、深い仲になる気はありません〟という清貴の明確な意思表示だった。

お堅い男性なのかと思ったのだが、当時の彼はそういうわけでもなかったようだ。マンハッタンのレストランで美しい女性——ニューヨークで活躍する日本人ピアニストと親しそうに食事していたのを見たことがある。今思えば清貴は、自分のような同じ業界の人間とは深い仲になる気はなかったのだろう。

家頭誠司の話によると、清貴は失恋をきっかけに、特定の恋人を作らなくなったそうだ。

『あいつ、もしかしたら一生独身ちゃうやろか』とも言っていた。

そんな彼が選んだのが、真城葵だった。

自分が彼に選ばれなかったから、と逆恨みしているわけではない。けれど、どうしてなのだろう？　彼女は平凡そのものではないか。もっと彼に相応《ふさわ》しい才色兼備の女性がいただろうに、と思ってしまうのだ。

それは自分が気に入っていた俳優が、若さと可愛らしさだけが取り柄の娘と結婚した時に抱く感覚と、似ているかもしれない。

とはいえ、真城葵は、『若さだけが取り柄』というほどではない。

目利きの素質があると感じた。だからこそ、今回の話が来た時に彼女に声を掛けたのだ。

しかし、今にして思えば、あれは清貴がこっそりヒントを与えていたのかもしれない。

「………………」

慶子はさらに憂鬱になって、顔をしかめる。

「まぁ、いいわ」

気を取り直そうと、顔を上げた。

彼女がぼんくらだったとしても、サリーの機嫌を損ねない程度であれば良いのだ。

慶子は、葵たちが待っている応接室の前に辿り着き、軽く深呼吸をした。

そして、ノックをして、返事も待たずに扉を開ける。

奥のソファーに好江が座っていて、手前のソファーには、女性が二人座っていた。一人は髪が長く、もう一人は肩にかかる程度の長さの髪を一つに結んでいる。

即座に立ち上がったのは、髪が長い方の女性だった。

彼女は、髪をなびかせながら振り返り、慶子を見て、上品に頭を下げた。

「慶子さん、お久しぶりです。このたびはお声を掛けてくださいまして、本当にありがとうございました」

真城葵だった。

「――あ、ああ、葵さん」

顔は変わっていないはずだ。それなのに、醸し出す雰囲気や立ち居振る舞いが、以前とまるで違っていて、一瞬誰だか分からなかった。

「お久しぶりね。わざわざ、ニューヨークまで来てくれてありがとう」

葵は、そんな、と首を振る。

「お声を掛けていただいて、恐縮でした。おこがましいと思いながら、とても嬉しくて、ここまで来てしまいました。場違いな人間ですから、ご迷惑をおかけしてしまうかもしれませんが、どうぞよろしくお願いいたします」

葵は柔らかく微笑んで、再び頭を下げた。

そんな葵を前に、自然と目尻が下がる。

すぐに我に返って、腕を組んだ。

こんなに素敵な子だっただろうか？

「………」

黙り込んだ慶子に、葵はそっと首を傾げる。

「慶子さん？」

慶子は我に返って、笑みを返す。

彼女も、もう大学生だ。高校生の頃とは違っていて当然だろう。

以前より少し大人びて、多少磨かれただけの話で、彼女が平凡なのは変わりはない。

「どうぞ、座って」

飲み物の準備をするわ、と続けようとしたが、三人の前にはすでにコーヒーカップが置いてあった。ここに案内したスタッフが用意したようだ。

「慶子さん、お久しぶりね」

微笑む好江に、慶子は「好江さんもお久しぶり。相変わらずお綺麗ですね」と笑みを返して、「こちらは？」と彼女の向かい側に座る少女に目を向けた。冷たさを感じさせる整った顔立ちの美人だ。

彼女は、「お久しぶりです、慶子さん」と頭を下げる。見た目に反してとてもハスキーな声だった。

「えっ、会ったことがあったかしら?」

こんな美人、一度見たら忘れないと思うのだけど……、と慶子は彼女の顔を覗く。

「息子の利休よ。たしか斎藤邸で会っていると思うんだけど……」

その言葉に、当時、葵の隣にいた美少年の姿が、脳裏を過る。

慶子は、「ああ、あの時の!」と大きく頷いた。

「今日は随分、可愛い格好しているから、女の子かと……ごめんなさいね」

利休は、いえいえ、と首を振り、お願いをするように両手を合わせた。

「慶子さん、僕も清兄の影響で、鑑定士やキュレーターの仕事に憧れがあって、ぜひ見学させてもらいたいんです。絶対に邪魔をしないし、男であることがバレないようにするので、よろしくお願いします」

利休は一気に言って、深く頭を下げた。

あまりの勢いに慶子は気圧されながら、「それで、そんな格好を……」と納得した。

今回、『キュレーターの卵』は女性限定だが、男性立ち入り禁止というわけではない。

だが、この企画は、サリーが宿敵の男性キュレーターから女性蔑視発言を受けて立ち上がったのもあり、『男子禁制』のような雰囲気になっているのはたしかだ。

「まあ、見学くらいなら大丈夫よ。終始、壁の花になってもらうと思うけど」

そう言うと利休は、ホッとしたように胸に手を当てる。

慶子は気を取り直して、目の前に座る葵を見据えた。

「葵さん、はじめに伺《うかが》いたいんだけど、『美術キュレーター』という仕事をあなたはどのように捉えている？」

これまで、何度か日本人の学生に同じ質問をしている。

その際、ほとんどの学生が、『日本で言うところの学芸員ですよね』と答えた。

彼女も同じような返答をするに違いない。

まず、そこから、認識をあらためてもらわなければ……。

葵はしっかりと視線を合わせて、口を開いた。

「はじめは学芸員と同じように思っていました。学芸員を英語に訳するとキュレーターでもありますし……。もちろんキュレーターは、日本の学芸員の仕事のようなこともしていますが、仕事の範囲が違っていると知りました」

慶子は、ふむ、と腕を組む。彼女も、学芸員やキュレーターを志《こころざ》しているだろう。そのくらいは分かって当然だろうか。

「そうね。日本では、『学芸員』も『キュレーター』も、同じように考える人が多いけど、実際はそうじゃない」

たとえば、日本の美術館の学芸員だったら、その美術館におけるさまざまな業務のほとんどを請け負っている。企画から運営、経理から雑務まで、何から何まで一手に抱えてこなしていかなければいけない大変な仕事だ。雑芸員、と自虐している学芸員もいる。

一方、キュレーターの仕事は、もっと限定的なのだ。専門知識を生かして企画の立案と展示会のプロデュースなどを行う。雑務を含む他の仕事は、スタッフに任せているのだ。映画でいうと『監督』といったところだろうか。そして欧米ではキュレーターと学芸員の社会的な地位も違っている。

慶子が説明すると、葵は黙ったまま真剣に耳を傾けていた。

「あなたも知っているでしょうけど、キュレーターは、学芸員と違って『資格』がないの。だから『自称キュレーター』もいっぱいいるし、誰でも名乗ることだけならできる。とはいえ、そんな甘い世界じゃない。キュレーターは、魅力的な企画をプロデュースして実行に移せるだけの総合的な知識と、幅広い人脈、そしてマネジメント能力が求められるわ。この仕事で成功するのは大変なことよ」

葵の喉が、ごくりと鳴った。

「アメリカで活躍しているキュレーターの多くは、元々、大きな美術館に勤務していて、そこからフリーになったというパターンが多いかしら。サリーはまさにその典型ね」

　有名な美術館勤務を経て、フリーになったキュレーターは、世界中を飛び回り、各国の展覧会や展示会のプロデュースなどを行っている。企画を行う場所は、美術館や博物館に限ったことではない。

「私のように小さな美術館に勤めていたキュレーターがいきなりフリーになっても、仕事なんてほとんどない。だから、サリーのような有名なキュレーターのアシスタントになって、さまざまなことを学びながら、業界に顔を売っていってるわ。この世界は横のつながり……人脈がモノを言うの」

　葵は黙って相槌をうち、その横で利休が、へぇ、と洩らす。

「清兄が、オーナーに付き添って世界中を回っていたようなものだね」

　ええ、と慶子は頷く。

「サリーの武器は、知識とセンスに加えて、優れた鑑定眼を持っていることね。その才能を見込まれて、富裕層の顧客が多いわ」

　掃いて捨てるほどいるだろうキュレーターの中で彼女が成功したのは、彼女自身が富豪の娘——セレブだったからだろう。とはいえ、もちろん才能という下敷きがあってこそだ。

彼女自身は優れた鑑定眼を持っている。才能があるからこそ親の七光だけだと思われたくない、と懸命に努力してきた。

そのため、他人にも厳しく、『使えない』と思ったら、即座に切り捨てるのだ。

「そうだ、葵さん。あなた英語は？」

すると葵は、申し訳なさそうに肩をすくめる。

「それが、ほとんどできなくて。一応、翻訳機は用意しているんですが……」

あー、と慶子は苦笑した。

言葉も通じない相手に教えることなど何もない、とサリーは、切り捨ててしまいそうな気がする。

「やっぱり、翻訳機は良くないですか？」

「まったく通じないより、マシという感じかしら。サリーは『なんの対策もしない人間』を好まないから、翻訳機はつけていていいわよ」

慶子が曖昧な笑みを返すと、葵は不安そうに頷いてハンズフリーのイヤホンを片耳に入れた。イヤホンは髪に隠れていて分からない。本機はポケットに入っているようだ。

「少し早いけど、そろそろ向かいましょうか。多分、他の学生たちも揃っているでしょう」

そう言って慶子が腰を上げると、葵もすぐに立ち上がる。

つい先ほどまで浮かべていた不安げな表情はなくなり、今はしっかりとした眼差しを見せている。

いつまでも、どうしよう、とウジウジせずに、即座に気持ちを切り替えた葵の姿には、少し感心させられた。

2

最上階の会議室に入ると、慶子の予想通り『キュレーターの卵』として選ばれた学生たちが集まっていた。

葵を入れて十四人。人種、国籍はさまざまだ。

学生たちはそれぞれ、自分を招いたアシスタントと談笑している。

会議室は窓の前にサリーが座る一人掛けのソファーがあり、傍《かたわ》らにテーブル。その前にはまるで予備校のように長テーブルと椅子が並んでいた。混乱しないように、それぞれの席には名札がついている。

『なんだか学校みたい。ここでサリーに教えてもらうんですか？　サロンで談話会をするんじゃなかったんですか？』

学生の一人が、好奇心いっぱいに訊ね、

『実は、私たちも何をするのか分からないのよ』

アシスタントが申し訳なさそうに答えていた。

葵は、その会話を翻訳機を通して聞いていたようで、少し驚いたように慶子を見た。

「慶子さんも何をするのかご存じないんですか？」

「そうなのよ。直前になって、会議室をこういう配置にしろって。ただ、何も聞かされていないのは私たちアシスタントだけで、彼女の片腕のチーフアシスタントはすべてを把握しているはずよ」

「チーフアシスタントはどなたですか？」と、葵は周囲を見回す。

「今ここにはいないわ。サリーのアシスタントは、私を入れて六人。チーフは秘書でもあって、いつもサリーと行動をともにしているから……」

その時、会議室の扉が開き、

『サリーが……ボスが来るわよ！』

と、アシスタントの一人が声を張り上げた。

会議室に緊張が走る。

『集まった子たちは、サリーを迎えるように一列に並んで。私たちは対面に並ぶから』

その言葉に、キュレーターの卵である学生とアシスタントたちは、まるで女王を迎える侍従《じじゅう》のように並んで、扉に注目した。

好江と利休は、邪魔にならないよう姿勢を正して壁際に立つ。

それまでにこやかだった学生たちは、アシスタントの張り詰めた空気に触れて、戸惑った様子を見せていた。

『おはよう』

会議室に入って来たのは、パンツスーツを着た白人女性——サリーだ。

アシスタントと学生が『おはようございます』と返す。

サリーは五十代だが、実年齢よりも若々しく、スタイリッシュだ。今も美しいが、若い頃は女優を目指した方が良かったのではないか、と言われたほどの美人だったそうだ。

サリーは、いつものように短いブロンドヘアをかき上げ、大股で歩きながら、かぶっていた帽子やバッグ、トレンチコートをアシスタントに渡していく。

そんな彼女の後ろに従うチーフアシスタント。彼女は、スーツケースを手にしていた。

その様子を見て学生の一人が、ぷっ、と笑う。

『まるで、「プラダを着た悪魔」みたい。もしかして、真似してる？』

その言葉にアシスタントたちは凍り付いたが、そこにいた学生の半数がつられたように噴き出した。しかし次の瞬間、瞬時に顔を強張らせる。

サリーが笑った学生たちに対し、まるでゴミでも見るように一瞥をくれたからだ。

『……申し訳ないけれど、今笑った方々には、お帰りいただきたいわ。礼儀がなってない子どもは、この場に相応しくない』

サリーは、吐き捨てるように言って、ソファーに向かう。

アシスタントたちは、『は、はい』と真っ青になりながら、笑った学生たちを会議室の外に連れ出した。

『えっ、嘘でしょう？　わざわざニューヨークまで来たのよ？』

外からそんな不満げな声が聞こえてきたが、サリーは気に留める様子はない。

残った学生は、葵を含めて七人。

皆、凍り付いたような表情になっていた。

つられて笑ってしまった学生たちはさておき、最初にあんなことを言い出した学生を連れてきたアシスタントは、後でかなり絞られるだろう。

葵が礼儀をわきまえた子で良かった、と慶子は胸に手を当てる。

他の学生たちは、自分の名札が置かれた席の前まで行き、立ったままサリーを見た。

サリーは皆を眺めて、にこりと微笑む。

『皆さん、サリー・バリモアよ。今日は来てくれてありがとう。あなた方が提出してくれたレポートを読ませてもらったわ。ここにいる皆さんのレポートは、それぞれに興味深くて楽しかった』

サリーは先ほど学生を切り捨てたのが嘘のように、優しい笑顔で言う。だが、学生たちの緊張が解けた様子はなかった。

『ああ、そんなに硬くならないで。まず、座ってちょうだい』

サリーはそう言って、まず自分がソファーに腰を下ろした。そんな彼女を見て学生たちも着席する。

チーフは、『これを学生たちに』とダンボール箱を開けて、アシスタントたちに指示をする。アシスタントたちは迅速に動き、学生たちの前にバインダーに挟んだプリントとペンを配っていった。

慶子もなんだろう、と思いながら、それらを配る。

プリントには、①②③④と、間隔を空けて番号が記されていた。

『――では、これから、あなたたちをテストいたします。もし私が気に入らなかったら、すぐにここから出て行ってもらうから、心してかかってちょうだい』

容赦なく言い放ったサリーに、皆は凍り付いたように動きを止めた。

『レポートだけではあなた方の素質を測れない。あなた方がどの程度のレベルなのか、試験をさせてもらうわ。この試験にパスした人を私の「特待生」として迎えたいと思っているから、その心づもりで』

ここに集められた者たちすべてが、『キュレーターの卵』として、和気藹々《わきあいあい》とサリーの指南を受けられると信じていたため、戸惑ったように目を泳がせる。

それは集められた学生だけではなく、アシスタントも同じだったようで、顔を見合わせていた。

『説明は、うちのチーフがするから聞くように』

チーフが前に出て喉の調子を整えた。

二十代後半の凛とした女性だ。艶やかな赤毛を顎《あご》のラインに切りそろえている。

『はじめまして、サリーのチーフアシスタントを務めています。最初に行う試験は、これからこのテーブルに出す美術品がなんであるか解答するというものです。あなた方は美術品を確認して、解答用紙に名称を書いてください。席を立って近くで観るのは一向に構いませんが、美術品はお借りしているものなので、直接触れないようにお願いします』

学生たちは、黙って相槌をうつ。

皆、美術キュレーター志望の学生ばかりだ。最初は動揺したようだが、今は逆にチャンスと捉えているようだ。

『では、始めます。一番目の作品です』

最初の美術品は、陶器の絵皿だった。『パリスの審判』を描いたカラフルなもので、細かな筆遣いでディテールが描写されている。極めて絵が素晴らしい作品だ。

皆は立ち上がり、絵皿を近くで確認する。

一部の学生は、まったく分からないようで、弱ったように目を泳がせている。

だが、半数の学生は分かっているようで、迷った様子もなく、バインダーをしっかりと持って、解答を書き込んでいる。

慶子や他のアシスタントは、邪魔にならないように学生たちの解答用紙を見て回った。

『イタリアの陶器・マヨリカ』と書いている学生が多い。

自信のある者は、『十六世紀』とも書いている。

正解だ。マヨリカとは、イタリアで作られた錫釉《すずゆう》陶器で、その発祥は十五世紀。技術に磨きがかかったのは十六世紀といわれ、十九世紀に作られたものよりも芸術的価値が高い。

葵はなんて書いたのだろうと、慶子は葵の背後に回って解答用紙をちらりと見る。

『マヨリカ（十六世紀）真作。ドイード・デュランティーノの作品』と書いていた。

その解答を見て、慶子は思わず息を呑んだ。

まさか、作家名まで分かっているとは思わなかったのだ。

『二番目の作品です』

次の品が出される。今度は白地に黒い龍の絵柄がついた壺《つぼ》だ。

全体がふっくらとしていて、肩から胴にかけてなだらかにすぼまっている。

龍の絵は荒々しく、獅子舞のような顔をしていた。

詳しく分からない者は、『中国の陶器』と書いている。

中には、『中国磁州の陶器』と書いている者もいた。

葵は鼻がつくほどにその壺に顔を近付けると、少し弱った様子を見せていた。

分からないのだろうか？　と思ったが、バインダーを持ち直し、意を決したようにサラサラと書き込む。

『白釉黒掻落龍文瓶《はくゆうくろかきおとしりゅうもんへい》』

そう漢字で書いていた。

葵は、どうやって英語に訳して書くかで悩み、漢字を選んだようだ。

答えられたのは葵と、もう一人、アフリカ系アメリカ人の学生だ。

三番目に出たのは、テディ・ベアだ。

一九〇二年、当時のアメリカ大統領セオドア・テディ・ルーズベルトは、狩猟に出た際に、獲物をしとめられなかった。同行したハンターが熊を撃ち、とどめの一発を大統領にと申し出るも、『瀕死の熊を撃つのは、スポーツマン精神にもとる』と、ルーズベルトは熊を撃つことを拒んだのだ。

同行していた新聞記者は、これを記事にし、それが可愛い子熊のイラスト付きで新聞に載った。

この逸話に触発されたモリス・ミットムが会社を興《おこ》して、熊のぬいぐるみを製造したのが、アメリカ国内初のテディ・ベアといわれている。

同じ頃に、ドイツのシュタイフ社が、大統領の逸話とは無関係にアメリカに熊のぬいぐるみを輸出しており、真に最初のテディ・ベアはシュタイフ社による、という説もある。

ただ、メディアに『テディ・ベア』という呼称が載ったのは、新聞記事が世界で初めてのことというのは間違いない。

テディ・ベアを前にした学生の反応は、二分していた。

嬉しそうに解答を書き込む者と、戸惑った様子を見せる者。

葵は後者で、テディベアの知識はないようだ。

このテディ・ベアは、白っぽい毛に薄いブラウンの鼻のホワイトモヘア。本物のグリズリーのように背中にコブがある。

これは、初期のシュタイフ社のテディ・ベアに見られるものだ。一九〇五年頃に作られた本物だろう。

葵はそこまでの解答には辿り着けず、『テディ・ベア 真作』と書いている。

パリから来た学生は、テディベアに詳しいようで理想的な解答を書いていた。

その後も、次々に美術品がテーブルの上に置かれていく。

デルフト陶器、陶板画、ボヘミア・ガラスやラリックといったガラス製品、アンティークドールなどが出題された。

葵はどうやら陶磁器は得意だが、ガラスやドールには明るくないようで、自信がなさそうだ。

その一方で、これを得意としていたのが、パリから来た学生だった。

すべての美術品が出題され、プリントに解答が埋まったところで、チーフは『紙を裏返してください』と呼びかける。

今度は、イーゼルを立ててその上に絵を置いた。

その絵を観て、学生たちが目を丸くする。

それは、フェルメール作の『真珠の耳飾りの少女』だったからだ。よく見るとそれは、写真であり、皆は、そうだよね、と頬を緩ませている。

サリーはゆっくりと立ち上がり、皆を見た。

『キュレーターは、知識とセンスがあれば、十分できる仕事よ。ただ、そこから這《は》い上がるには、鑑定眼と豊かな感性が必要になる』

サリーは、写真が入った額縁に手を置いた。

『この写真は、あなた方もよく知っている、フェルメールの中でも有名な作品、「真珠の耳飾りの少女」を撮ったものよ。「青いターバンの少女」とも言うし、「北のモナ・リザ」なんて呼ばれてもいるわね』

サリーの説明に、皆は黙って頷く。

『モデルの彼女は、フェルメールにとってどんな存在だったのか諸説ある。けれど、まだハッキリしたことは分かっていないわ。そこで、私はあなた方の感じたことを知りたいの。ご存じの通り、正解なんてないわ。有力な説なんて気にせずに、正直に感じたことを書いてちょうだい』

サリーが言い終わると同時に、学生たちは一斉にペンを走らせた。

『私はこの少女は、フェルメールにとって愛《いと》しい存在、恋人だったと思います。瞳の輝き、唇の艶から、彼女への恋心が感じられます』

そう書いたのは、パリの学生だ。フェルメールの筆致から、そう捉えたようだ。

『フェルメールは生活が苦しく、モデルを雇う余裕がなかったはずです。だから、彼女はフェルメールの娘です。モデルの娘の眼差しには、恋心が感じられません。父親を見る目をしています』

アフリカ系アメリカ人の学生はそう書いている。彼女はパリの学生とは違い、モデルの表情に着目したようだ。

慶子は、他の学生たちの解答を見て回り、最後に葵の横に立った。

葵はまだ、『真珠の耳飾りの少女』の写真を食い入るように見ていた。

ようやく考えがまとまったのか、席に戻り、自分の伝えたい言葉を翻訳機で確認して書き始めた。

『私は、彼女はフェルメールの娘だと思います。振り返っている表情が、とても無防備だからです。その眼差しと開きかかっている口許は、どこか他人に対する遠慮がないように感じました。父親に呼ばれて、「なに？」と振り返っているように見えます。ただ、この絵からは、仄かに恋心に似た愛しさが伝わってきます。それは、フェルメールが成長した娘を描きながら、若き日の妻の面影を重ねたからではないかと、私は思いました』

慶子はその解答を見て、へぇ、と洩らした。

『真珠の耳飾りの少女』のモデルは、娘であるという説はある。が、他の学生が書いたように唇の艶などから恋心を感じさせるため、恋する女性だったのではないか、とも囁《ささや》かれているのだ。

もちろん正解は分からないが、成長していく娘の姿に、若き日の妻の姿を重ねたというのは、慶子にとって納得がいくものだった。

葵が翻訳機を使っているのを見たサリーは、怪訝そうに眉根を寄せた。

『そこのあなた、何してるの？』

葵はすぐに立ち上がり、『翻訳機を使っていました』と、つたない英語でそう告げて、翻訳機を見せる。

『……あなた、英語ができないの？』

はい、と葵は頭を下げる。

『まぁ、通じないよりいいわ。自分ができないことに対して、なんの対策も講じない人間の方が好ましくない。ただ、覚えておきなさい。翻訳機でショッピングはできるかもしれない。けど、意思の疎通まではできない。この世界で、言葉が通じないのはネックよ』

厳しい口調で言ったサリーに、葵は真剣な表情で『はい』と再び頭を下げる。

これで落とされてしまったかもしれない、と慶子は額を押さえたのだが、サリーは集めた解答用紙を確認して、二人の学生を見た。

『ええと、そこのあなたとあなたは、申し訳ないけれど、ここでお引き取りいただけるかしら。来てくれてありがとう。お土産に「Ｔｈｅ　Ｍｅｔ」のチケットをアシスタントから受け取ってちょうだい』

指名された学生たちは、たしかにほとんど解答できていなかった。

彼女たちも自覚しているのか、不満そうな表情を見せるわけでもなく、すごすごと会議室を後にした。

残りは、五人だ。

次にチーフは、スーツケースをテーブルの上に置き、大きく開いた。

梱包材の中に、陶器の欠片《かけら》が山のように入っている。一瞬、スーツケースの中に詰め込んでいた茶碗が割れてしまったように見えたが、そうではなかった。

サリーはあえて、陶器の欠片の山を用意したのだ。

『一見、ただの割れた陶器。人によってはガラクタよ。でも、この中に価値のある欠片があるから、それを発掘してほしいの』

楽しいでしょう？　と微笑むサリーを前に、学生たちの顔が蒼白になっている。

それもそうだ。こんな作業は、アシスタントでも大変なことだ。

おそらく顧客から、『この中にお宝があると思うから、チェックしておいてほしい』という依頼を受け、アシスタントにやらせる前に学生たちにと思ったのだろう。

もう帰りたそうな顔をしている学生もいる。

葵はどうだろうか、と慶子が視線を送ると、彼女は目を輝かせていた。

『欠片で怪我《けが》をしては大変だから、手袋をするように。彼女たちに手袋を用意してあげて』

その言葉を受けて、慶子が手袋を渡そうと歩み寄ると、

「あっ、慶子さん、私は自分のを持ってきているので大丈夫です」

葵はポケットから、鑑定用の滑り止めが付いた白い手袋を取り出して微笑む。

慶子は、そう、と頷き、腰に手を当てた。

「……思った以上に、ハードな試験ね」

「はい、でも、この試験は彼女が言う通り、お宝発掘という感じで楽しそうです」

「えっ、楽しそう？」

慶子が目を瞬かせていると、サリーが、『はじめてちょうだい』と手を打った。

葵は、はい、と頷いて、陶器の欠片がぎっしり詰まったスーツケースの前に行く。

しばらくジッ、と見詰めている。

他の学生は途方に暮れた様子で、欠片を前に手すら出せずにいた。

一方の葵は、欠片を手にし、確信を得たように、うん、と頷いた。

それは青の中に小豆色の釉薬が斑になっている欠片だ。高台の一部がついている。

『これは、本物です』

と、つたない英語で言う。

『そう、本物だと思ったのね。で、それが、あなたになんなのか分かるかしら？』

サリーが突っ込むと、葵は弱ったように目を伏せた。

『分からないのね？』

葵は首を振った。

『分かるのですが、英語に訳せなくて……翻訳機にも出ないんです』

サリーは、おや、と目を見開き、小さく笑う。

「いいわ、私は日本語が分かるから。日本語で答えて」

日本語でそう言ったサリーに、葵だけでなく、他のアシスタントも驚きの顔を見せた。

「日本語ができたんですか？」

「ええ、少しだけ。それよりも、答えてちょうだい」

サリーは試すように、葵を見た。

「は、はい。これは、北宋時代の鈞窯《きんよう》澱青《でんせい》釉《ゆう》の破片です」

淀みなく答えた葵に、側にいた慶子は思わず息を呑んだ。

『どうしてそう思うのかしら？』

と、サリーは再び英語に戻して問いかける。

「この釉薬の色彩の艶やかな質感、そして切り口から見える釉薬の厚みです。あと、高台の内側にも釉薬がかかっている。すべて鈞窯澱青釉の特徴です」

すらすら説明する葵の言葉を受けて、サリーの表情が変わった。

葵は再びスーツケースの中に目を向けて、水色の欠片を指差す。

「これは、北宋時代の青白磁の破片だと思います」

続いてグレーに白と黒の模様が入った欠片に目を向けた。

「あと、こちらは……」

葵が独り言のように洩らしていると、

『あなたはもういいわ。私は無駄が嫌いなの。これ以上やっても無駄』

切り捨てるように言ったサリーに、葵は動きを止めた。

無駄、と言われて、さすがに動揺しているようだ。

『あなたは合格よ。座っていなさい』

その言葉に、壁際で見守っていた好江と利休が、密かにガッツポーズをしている。

慶子も、知らずに拳を握り締めていたことに気付き、苦笑した。

『ありがとうございます』

自分の席に戻った葵に、慶子はその背中を軽く叩く。

「おめでとう」

「あ、ありがとうございます。とても緊張しました」

冷静で堂々として見えた葵だが、必死に気力を奮い立たせていたようだ。解放されて、脱力したのか、頬を赤らめて、目が涙で滲んでいる。

「でも、とても良い経験になりました。慶子さん、ありがとうございます」

葵はそう言って、目に涙を浮かべたまま、まるで花が咲いたように微笑んだ。

思わず、可愛い、と口から洩れ出てしまいそうになり、慌てて頭を軽く振った。

「慶子さん？」

「ごめんなさい、見ている私まで緊張したわ。……前に会った時も感心したけど、葵さん、あなたってすごいのね」

心から言うと、葵は小さく首を振る。

「私はまだまだ……」

謙遜かと思えば、その表情は真剣だった。

「そんなことないわよ。あなたは今も、清貴の弟子でもあるんでしょう？」

葵は、はい、と頷く。

「さすが、清貴よね」

「……そうなんです。彼は本当にすごいんですよ」

葵はそう言って、力なく笑った。

普通、恋人のことを褒められたら、もっと得意になるだろうに、そういう雰囲気ではない。

慶子は不思議に思いながら、小首を傾げる。

ふと、視線を感じて顔を上げると、サリーがこちらをジッと見ていた。

まだ、試験中なのに騒がしかっただろうか、と慶子は口を閉ざす。

スーツケースの前では、今も学生たちが苦戦していた。

それから、小一時間。

葵の他に、ロサンゼルスから来たアフリカ系アメリカ人のクロエ、パリから来たブロンドが美しい白人のアメリが残った。

残った三人を前に、サリーは、おめでとう、と微笑んだ。

『晴れてあなた方は、私の「特待生」よ。今後、どこで活動するとしても、「サリーの特待生に選ばれた」と公言してもらっていいし、多少の武器になるはずよ』

その言葉に、三人は明るい表情で顔を見合わせている。

『早速だけど、あなた方にやってもらいたいことがあるわ』

そう言ったサリーに、三人は姿勢を正す。

『数日後にファミリー向けファッションブランドを手掛けている企業のビルの最上階ホールで、あるアーティストの展示会を行う予定だったの。だけど、そのアーティストは、罪を犯して逮捕されてしまった。企業のイメージもあるから展示は取りやめになったわ。急遽、他のイベントをしなくてはならない。だけど時間がないから、どうしても未熟なものになってしまう』

皆は、黙って相槌をうつ。

『私は、それならいっそ、未熟な者たちに作ってもらうのはどうだろう、と思ったわ。で、私が目を掛けている美大生たちの作品を展示する企画に変わったの。「未来を担うアーティストの卵の展示会」よ。コンセプトは悪くないでしょう？　今はそれに向けて動いているところなんだけど、そのスペースの一角を、あなたたちにプロデュースしてもらいたいわ』

えっ、と三人は、目を見開いた。

『あなたたちが美大生の作品をプロデュース——企画展示をするのよ。「サリー・バリモアが認めたアーティストの卵とキュレーターの卵が作る展示会」。なかなか、素敵でしょう？　もちろん、アシスタントもサポートするわ』

なるほど、面白い試みかも知れない、と慶子を含めたアシスタントたちは頷いていた。

今、サリーは、『フェルメールとメーヘレン』の展示会に向けて動いているのとは別に、ファミリー向けファッションブランドを手掛けている企業のビルでの展示会の企画も、任されていた。

絵本の表紙で人気が高く、幻想的な美しい絵を描くアーティストの作品を展示する予定で、大人も子ども楽しめるイベントになるはずだったのだ。

しかしそのアーティストが、薬物使用による家族への暴行容疑で逮捕されてしまい、事情は一変した。

大至急、別の企画を用意しなければならなくなったサリーは、目を掛けていた美大生を招集して、作品展示を行うことになったのだが、もう一つ話題が欲しかった。

即席だが、この状況で悪くないアイデアだろう。

とはいえ、寝耳に水の特待生たちは、目を丸くしている。

『そうそう、アッパータウンに私の実家があるから、ニューヨーク滞在中はそこを使っていいわ。その家に私は帰らないし、父はもう亡くなっていて、母は入院している。今は、使用人が管理人として住んでいるだけだから気兼ねはいらないから。そして課題よ。明日から三日間かけて、「The Met」を含む美術館やマンハッタンの街を視察してちょうだい。そして四日後に企画を発表、そして実行してもらうわ』

サリーはそこまで言って、『あと』と続ける。

『私が今日、特待生を選出することは、すでに関係者に広めています。今夜、あなた方を紹介するパーティを開くので、準備をしておいてちょうだい』

その言葉に、特待生たちは、さらに目を見開く。

『そういうわけで、私はその準備があるから、ひとまず失礼するわ。分からないことは、すべてアシスタントに聞いてちょうだいね』

そう言うと、サリーはそのまま、チーフとともに会議室を出て行った。

アッという間にいなくなったサリーに、三人は互いの顔を見合わせた。

『……なんだか、とんでもないことになったわね』

『本当に』

クロエとアメリが、呆然とつぶやく。

葵も頷きながら、でも、と嬉しそうに目を輝かせた。

『こんなチャンスに恵まれるなんて、わくわくします』

その言葉に、他の二人も『それもそうね』と顔を明るくさせた。

『私はクロエ・テイラー。あなた方は？』

『アメリ・ミシェルよ』

『真城葵です』

三人は顔を見合わせて、『一緒にがんばりましょう』と輪になっている。

慶子はその様子を微笑ましい気持ちで眺めていた。

すると、隣にいたアシスタントがぽつりとつぶやく。

『あの子たちも、サリーにいいように利用されて、可哀相ね』

利用？　と、慶子は視線を合わせた。

『サリーが、特待生を選出するという話は関係各所にすでに伝えていると言っていたけど、なかなか急な話だと思わなかった？』

そうね、と慶子は頷く。

『サリーは、あのプロジェクトをどうしても成功させたいのよ。だから……』

彼女はそこで、口を噤んだ。

特待生三人が、こっちを見ていたからだ。

話を聞かれてしまったかもしれない。

だが、三人はすぐに愉しげに話を再開した。

慶子は、ホッとして胸に手を当てる。

この企画は、キュレーターを志す彼女たちにとって夢のような出来事で、大きなチャンスだろう。だが、その裏側には、大人の事情と目論見《もくろみ》が隠されているようだ。

これは、もしかしたら、前途多難かもしれない。

慶子は、嬉しそうにしている三人を眺めながら、険しい表情で腕を組んだ。

［3］ホプキンスの依頼

1

私たち特待生は、慶子さんが運転する車でアッパータウンに向かっていた。

そこは、マンハッタンの北側の地区で、ハイソな高級住宅地だそうだ。

京都で言うところの、『洛北《らくほく》』だろうか？

サリー・バリモアの実家は、アッパーイーストというセントラルパークの東側、メトロポリタン美術館が近くにある最高の立地だった。

この辺りの一軒家は家同士がくっついていて、一見すると洒落《しゃれ》たアパートのように見える建物が多い。

だが、サリーの実家は、軒を連ねる家々よりも大きかった。

白の外壁に緑の屋根の、瀟洒《しょうしゃ》で情緒ある外観だ。

私は、スーツケースを手に、すごい、と建物を見上げた。

『マンハッタンに、こんな一軒家があるとは思わなかったわ』

そうつぶやいたのは、クロエだ。

その隣でアメリが、『素敵』と手を組み合わせている。

『サリーの亡くなった父親は、かなりの資産家でね、実は彼女、大金持ちのお嬢様なのよ』

そう言った慶子さんに、私たち三人は、大いに納得して頷く。

私たちの後ろには、利休くんがいた。

利休くんは、私たちのボディガードとして付き添いたいと申し出て、この家で一緒に過ごす許可を得ていた。慶子さんが『彼はこう見えて、柔道の有段者なんです』とサリーに口添えしてくれたのだ。

サリーの返答はというと、『好きにしていいわ』とアッサリしたものだった。

クロエとアメリも、利休くんが男であることを知っても、問題はない、と言ってくれた。

好江さんはというと、ニューヨークで仕事があるそうで、帰るまでは基本的に別行動となる。だが、何かあったらすぐに連絡をするよう、言ってもらっていた。

玄関のベルを鳴らすと、この家の管理人が温かく出迎えてくれた。

慶子さんは、『パーティに行く前に、美大生の作品をチェックしに行きましょう。後でまた迎えに来るわ』と言うと、再び運転席に乗り込んだ。

私たちは彼女に礼を言って、家に入る。

部屋を案内してもらい、荷物を置いたあと、リビングのダイニングテーブルで、管理人が出してくれたコーヒーを飲んで、一息ついていた。

『そういえば、慶子たちの話、どう思った？』

クロエがコーヒーを飲みながら、少し前のめりになる。

『ああ、私たちが利用されてるかもって話？』

アメリはいたずらっぽく笑う。

私のつけている翻訳機はなかなか優秀だ。日本語で話した言葉を、英語に訳して流してくれる。機械を通してのコミュニケーションになるが、言葉が通じないより、ずっといい。

私たち三人には、慶子さんと他のアシスタントがしていた会話が聞こえていた。

あの時の会話を思い返しながら、私は天井を仰ぐ。

〝あの子たちも、サリーのいいように利用されて、可哀相ね〟

〝サリーは、あのプロジェクトをどうしても成功させたいのよ。だから……〟

――と言っていた。

『プロジェクトって、なんだろう？』

私が独り言のように洩らすと、クロエが、それがね、と話し始める。

『サリーは今、とても大きな仕事を請け負っているらしいの。これは、私を連れて来てくれたアシスタントが言っていたんだけどね』

へぇ、と相槌をうつ私とアメリに、クロエは話を続けた。

『五番街に新しくビルが建ったんだけど、そこの最上階で美術展示会をするそうよ。そのタイトルが、「光と陰　～フェルメールとメーヘレン～」。二人の作品を一挙に展示するそうよ。しかも、公開が私たちが手掛ける展示と同日ですって』

フェルメールだけではなく、フェルメールの贋作師として知られるメーヘレンの作品も展示するなんて、面白そうだ。

『フェルメールの人気は高いし、その贋作師のメーヘレンも、今話題なのよね。人気が出てきているというか』とアメリ。

私も二人の話を聞きながら、うんうん、と頷く。

『サリーは、その展示会にかなり力を入れていて、アシスタントが言うには、実のところ「キュレーターの卵」と和気藹々とするような時間の余裕はないみたい』

そうかもしれない、と私は頷く。

フェルメールの展示だけではなく、もう一つ手掛けている展示会もアーティストが逮捕されるというアクシデントに見舞われたのだ。きっと、てんやわんやだろう。

『それじゃあ、慶子たちが話していた「どうしても成功させたいプロジェクト」っていうのは、その「フェルメールとメーヘレン展」のことよね』

アメリが確信めいたように言った。

『そうね。けど、そのプロジェクトと私たち、なんの関係があるのかは分からないわね。どう利用しようってのかしら？』

クロエは、お手上げのポーズを取る。

話を聞きながら、私は、たしかに、と相槌をうった。

そもそも、私たちに利用価値なんてあるのだろうか？

『たしか、今回の件は著名な男性キュレーターが、サリーに「この世界に女性なんていらない」って侮辱したことがきっかけなんですよね？』

私が確認するように訊ねると、クロエは、そうなのよ、と顔を上げた。

『その暴言を吐いた男が誰なのか、葵とアメリは知ってる？』

そう問われて私とアメリは、知らない、と首を振った。

思えば、誰が言ったのかまでは、聞いていなかった。

クロエは、実はね、と得意げに人差し指を立てた。

『この騒動は、業界で結構広まっているのに、誰が言ったのか名前は上がっていないの。サリー自身も「ある著名な男性キュレーターにこんな失礼なことを言われた」って言っているものの、その名前を公《おおやけ》にしてないわけ。業界では「誰がそんなことを言ったんだ」「きっとあいつだろう」って犯人捜しをしている人もいるようだけど、事実を知ってるのは、アシスタントだけだとか』

へぇ、と私は相槌をうちながら、クロエの話に耳を傾ける。

『で、誰が言ったのよ? クロエは知ってるんでしょう?』

アメリは急かすように、クロエに詰め寄った。

『篠原陽平よ』

アメリは『ええっ?』と目を丸くした。私は、飛行機の中で見た記事を思い出した。機内誌で読んだ人だ。とても紳士的で優しそうな雰囲気であり、決して女性蔑視発言をするような人には、見えなかった。

アメリも私と同じように感じていたのか、呆然《ぼうぜん》とつぶやく。

『うそ……。篠原陽平がそんなことを言うなんて、信じられない。彼はフェミニストだと思っていたわ』

『私も驚いたんだけど、篠原氏とサリーは元々、トーマス・ホプキンスの弟子、つまりは同門だったそうでね』

そう話したクロエに、私は、そうだったんだ、と洩らす。

『二人は、ライバルというか、宿敵同士なのよ。だから口喧嘩の延長だったんじゃないかしら。だから、サリーもそれを心得ていて、公にはしてないんだと思うの』

うんうん、と私たちは頷く。

『けど、あてつけもあったのかもしれないわね。「キュレーターの卵」の育成をする活動は、篠原氏がよくやっていることだから』

『それはありそう。サリーは次世代を担うアーティストの発掘には、力を入れているんだけど、キュレーターの育成にはこれまで興味がなかったようだし』

アメリは、納得したように腕を組んだ。

その後も私たちは、いろいろなことを話した。

クロエは、ロサンゼルスの大学で美術に関するさまざまなことを学んでいるそうだ。

アメリも大学生で、パリの学校で美術史を専攻しているそうだ。親戚がルーブル美術館に勤務しているという話もしてくれた。

私は、京都府立大学で歴史を学んでいることを伝えた。

そこで指定の単位を取得することで、学芸員の資格も得られるという話をすると、二人は不思議そうに首を傾げる。

『それじゃあ、葵は、美術に関する勉強はしていないの？』

『でも、陶器の欠片を鑑定した時は、すごかったわよね』

そう言うクロエとアメリに、私は肩をすくめる。

『私は、骨董品店でバイトをしていて、美術に関することはそこで学んでいて……』

へえ、と二人は興味深そうに相槌をうった。

しばらく、わいわいと話していると、利休くんが『あのさぁ』と声を上げた。

彼は、ダイニングテーブルから少し離れたソファーでコーヒーを飲んでいたのだ。

『随分のんびりしてるけど、慶子さん、迎えに来るんじゃないの？　準備しなくて大丈夫？』

私たちは、ハッとして顔を見合わせ、

『やだ、急がないと』

と、慌てて立ち上がった。

2

準備が整った頃、ちょうど慶子さんが迎えに来た。

まずは、作品の下見をするためにアートスクールに向かう。

休日の夕方なので学生の姿はなかったが、作品だけを集中して見るには、かえって良かったように思えた。

案内された教室には、作品が所狭しと詰め込まれている。

絵画、陶器、彫刻、ガラス細工、オブジェ、時計――。

さすが、著名なキュレーターが目を掛けている学生たちの作品だけあって、どれもレベルが高く、個性が光っている。

私は作品を見回して、すごい、と感嘆の息を洩らした。

『宝の部屋という感じ……』

『本当ね。興奮しちゃう』

『どれも素敵で、目移りするわ』

ここにある作品を使って、企画展示ができると思うと、胸が弾む。

私たちは嬉々として、作品をひとつひとつ確認していく。慶子さんと利休くんは、一歩離れたところで、そんな私たちを眺めていた。

私は絵画以外の作品を一通り観て、やっぱりこれが気になる、と棚に置いてある陶器の前に向かった。

その作品は、並河靖之を思わせる有線七宝焼《ゆうせんしっぽうやき》だった。

植物と鳥の絵が、若々しくも、繊細《せんさい》に描かれている。

私が七宝焼に夢中になっている傍らで、クロエは猫のようなオブジェに目を輝かせ、アメリはガラスのゴブレットを前にうっとりしている。

その後、私たちは手袋をして、ぎっしりと立てかけられている絵画の確認をしていった。

どの作品も素晴らしかったが、私が目を惹かれたのは、外国人の作家ながら浮世絵を思わせる作品だ。

春夏秋冬、と季節をイメージした絵を描いている。桜、紫陽花《あじさい》、紅葉、椿と、それらを愛でる鳥や猫。草花の一つ一つ、着物の柄が緻密《ちみつ》に描かれていた。

同じ作者の他の作品はあるだろうか、と探してみると、大きな鯨の絵があった。

浮世絵の鯨といえば、歌川国芳《うたかわくにより》の『宮本武蔵《みやもとむさし》の鯨《くじら》退治』が思い浮かぶ。

タイトル通り、江戸初期の剣客・宮本武蔵が、鯨退治をした伝説を基に描かれたもので、荒波の中、宮本武蔵が巨大な鯨の上に乗り、刀を突き立てている作品だ。

だが、この鯨の絵は、それとはまるで違い、巨大な鯨が悠々と泳いでいた。瞳は優しいのに、畏怖《いふ》の念を覚える。

まるで、神の姿を描いたようだ。

私が圧倒されていると、横でクロエが他の絵を観て、熱い息をついていた。

『これ、いいわね』

クロエが気に入ったのは、まるで窓の外に見える景色のようなイメージの絵画だ。

森が広がっていて、そこに動物がいるのだが、すべて架空の動物だった。架空の動物といってもユニコーンや麒麟《きりん》のようにビジュアルイメージがあるものではない。作品説明を見ると、すべて作家の脳内に浮かんだ動物だそうだ。

それが実に斬新な色遣いと、伸びやかな筆致で描かれている。

まさに現代アートという感じの作品だった。

『ねぇ、これ、素敵よ。絵の裏に「敬愛するミュシャへの尊敬を込めて」って書かれている作品なんだけど』

と、アメリが声を上げたので、私たちは振り返る。

記された一文に表われているように、その絵は、アルフォンス・ミュシャへのリスペクトが込められた作品だった。

ミュシャのように後光を円で描いたビザンチン・スタイルで、華やかなフランス王室と、ソファーで寛《くつろ》ぐ王妃、マリー・アントワネットを描いている。

タイトルは、『それは、私の恋人』。

マリー・アントワネットを描きながら、私の恋人、とはどういうことだろう？

クロエも同じように思っていたようで、私と同様に不思議そうな顔をしている。

すると、アメリが『あら』と口に手を当てた。

『それは、マリー・アントワネットが作った楽曲のタイトルよ』

私とクロエは、へぇ、と洩らしながら、作品を確認する。

オマージュ作品であるが、作家本人の技術も遺憾《いかん》なく発揮され、オリジナリティとフランス王室への憧れや、マリー・アントワネットに対する愛が込められた作品だった。

アントワネットが作った楽曲が、どんなメロディなのかは分からない。けれど、その絵から音楽が聴こえてきそうな気がした。

『本当に素敵』

私がしみじみとつぶやくと、絵を見付けたアメリは『でしょう』と得意げな顔をした。

『ミュシャはチェコ人だけど、パリで成功を収めたクリエイターだから、パリジェンヌの私としては、思い入れがあるのよ。この絵を展示して、全体的にアール・ヌーヴォの世界にしたいなぁ』

そう話すアメリに、クロエが、あら、と腕を組む。

『私がいいと思った作品も悪くないわよ。それにここはニューヨークなんだから、もっとニューヨーク的な展示にしましょうよ』

『このニューヨークでニューヨーク的な展示を私たちがやっても、中途半端になりそう。それならいっそ、別物がいいと思うわ』

『それは、一理あるけど……葵はどう思う？　何が良いと思った？』

いきなりクロエにそう問われて、私は、えっ、と目を瞬かせた。

二人の視線が、一気に集まる。

私は一瞬言葉を詰まらせるも、正直に答えた。

『私が素敵だと思ったのは、あの七宝焼と浮世絵っぽい絵で……』

『まぁ、あの作品は素敵だけど……』

『でも、あれを出したら、一気に東洋色――ジャポニズムが強くなるわよね』

見事に分かれた意見に、私たちは思わず黙り込む。

沈黙の中、とりあえず、と私は笑顔を向けた。

『展示をどうするかは、実際の会場や明日からの美術館巡りを終えてからにしようよ』

そう提案すると、そうね、と二人は笑顔で頷く。

二人とも、とても切り替えが早い。

一緒に仕事をしやすそうだ。

私がホッとしていると、見守っていた慶子さんが、そうそう、と頷いた。

『今、結論を出すのは早いわ。それに、そろそろ時間だから、会場に向かいましょうか』

その言葉に、すっかりパーティのことが頭から抜けていた私たちは、そうだった、と手袋を取って、いそいそと教室を出た。

3

サリーの特待生をお披露目するパーティは、ミッドタウンにあるビルの最上階ホールで行われた。

そのビルはファミリー向けファッションブランドが所有しているビルであり、絵本の表紙を手掛けているアーティストの展示会を行う予定だった場所だ。

しかしアーティストが逮捕されてしまったので、サリーが目を掛けている美大生の作品の展示会に、内容は変更になったのだが――。

広いホールには、サリーの招待客の業界人、カメラを手にしているマスコミ関係者と思われる人たちが詰めかけている。

パーティは立食形式で、皆はグラスを持って、サリーと隣に立つ私たち特待生に注目していた。

クロエは、シルバーの胸元が大きく開いたシンプルでシックなドレスを纏っていて、アメリは、背中が大きく開いた緋色《ひいろ》のドレスを着ている。

私は、以前、ホームズさんにプレゼントしてもらった黒いドレスを身に纏っていた。

サリーは、マイクを手に皆を見回す。

『皆さん、今夜はお集まりいただきまして、ありがとうございます。今、世の中で活躍する優秀な美術キュレーターの多くは、有名な美術館に勤務し、実績を重ねた者が多いです。幸運なことに、私もその一人です。ですが実力や才能があっても、美術館に就職できる者は、運の良い一握りだけ。私は、世界中にいるであろう、「キュレーターの卵」を見付け出し、自分の特待生としてチャンスを与えることができたらと思いました。まだ、試験段階に近いのですが、今回私が特待生として選んだのが、彼女たちです』

サリーはそう言って、隣に並ぶ私たちに視線を送る。

周囲の露骨な視線とともに、一斉にフラッシュがたかれる。

マイクを渡されて、私たちは順番に自己紹介をした。ロサンゼルスから来たクロエ、パリから来たアメリと続き、そしてマイクが私の許にきた。

あまりの眩しさと迫力に圧倒されながら、

『日本の京都から来ました。真城葵です。よろしくお願いいたします』

私は拙い英語で挨拶をして、頭を下げた。

サリーがマイクを持ち直して、再び口を開く。

『皆さんもご存じでしょうが、今度ここで行われる展示会の内容が急遽、変更となりました。新たな展示のコンセプトは、「未来を担う才能」です。私が実力を認めている美大生の作品の展示と、もうひとつ、ここにいる彼女たちの企画展示も行います。どうか、若い才能に大いに期待してください』

サリーの挨拶が終わり、大きな拍手が沸き起こる。

私は、プレッシャーから顔が強張るのを感じながら、なんとか笑みを返した。

挨拶が終わったあと、皆は各々愉しげに語らっている。

サリーに呼ばれて集まったものの、実のところ招待客は特待生に興味はなさそうだ。

私たち三人は一塊になって、大きく息を吐き出した。

『緊張で倒れるかと思ったわ』とクロエは胸に手を当てている。

『思えば私、サリーの特別講義を受けられると期待して来ただけなのに……』

こんなこと聞いてない、とぼやくアメリに、『本当に』と私は笑って頷く。

ふと、視線を感じて振り返ると、利休くんが、壁際で私たちの方を窺《うかが》っていた。

腕を組んで、周囲に目を光らせている。

本当にボディガードみたいだ、と私は苦笑した。

あんなに真剣に私の身を案じてくれるなんて、もしかしたら、ホームズさんが何か言ったのかもしれない。

私のことはあまり気にせず、好きに過ごしてね、と伝えよう。

そう思い、利休くんの許に向かおうとした時、

『こんばんは』

と、横から声を掛けられて、私は顔を向けた。

そこには、白髪の優しげな年配の白人男性が、笑みを浮かべている。

どこかで、見たことがある気がする。

私は彼が誰なのか思い出せないまま、こんばんは、と会釈を返した。

『はじめまして、葵さん。私は、あなたに会える日を楽しみにしていたんですよ』

私は、えっ、と硬直した。一体、誰なのだろう？

『これは失礼しました。私は、トーマス・ホプキンスと申します』

私は、ああっ、と慌てて頭を下げる。

ホームズさんが一時《ひととき》修業に行き、サリーも師事していた美術界の権威中の権威だ。

『はじめまして、真城葵です』

『君のことは、清貴からよーく聞いていますよ』

ふふっ、と笑う彼に、私はギョッとする。

『……あの、彼は、私のことをなんて？』

『そうですね。彼は、君のことを天使で女神だと言ってました』

ホームズさん……、と私は額に手を当てる。

『清貴に再会した時、雰囲気が随分と柔らかくなっていて驚いたんです。きっと、君との出会いで、彼は変わったのでしょうね』

私は返答に困って、曖昧な笑みを返す。

『ところで、君と清貴は、時々探偵の真似事のようなことをしているとか。清貴は不本意なようでしたが……』

私は小さく笑って、はい、と頷く。

『彼の許に相談事が持ち掛けられるんですよ。それで、「京都寺町三条のホームズ」なんて呼ばれているんです』

『それじゃあ、君がワトソンかな？』

『いえ、私は、側で見ているだけです』

『いやいや、君の見解にハッとさせられることが何度もあったと、清貴は話していたよ』

そんな話までしていたんだ、と驚きながら、そんな、と私は首を振る。

『可愛い探偵助手さんに、私も相談をしたいのですが、良いでしょうか？』

えっ、と私は目を瞬かせる。

ホプキンスは微笑んでいながら、その目は真剣だ。

『……私に解決できることなんでしょうか？』

『どうでしょう？　解決できなくても、話を聞いてくれますか？』

私は、戸惑いながら頷いた。

『サリーは私の大切な教え子です。そして彼女の同期に篠原陽平という、君と同じ日本人の教え子がいます。この二人は、元々とても親しかったのに、今から二十五年くらい前に、ある見解の違いから仲違いしてしまったそうで、今では、ほぼ絶縁状態です』

『ある見解の違い、とは？』

『それは私も聞かされていないんです。何かがあって、仲違いしてしまったと。訊ねても誰も答えてくれない。ですので、私は二人に何があったのか知りたいと思っているんです』

ホプキンスはしんみりと言って、サリーの方を見る。

教え子同士が絶縁状態なのは、師匠にとって、つらい出来事なのだろう。

『できる範囲で良いので、君に調べてもらえると嬉しいのですが』

『それで良いのでしたら……。あの、仲間の協力を仰いでも良いですか？』

そう問うとホプキンスは、もちろん、と頷く。

『でも、どうして私に？　サリーにはアシスタントがたくさんいますよ？』

そうだね、とホプキンスは苦笑した。

『もちろん、これまで、サリーのアシスタントに訊いたことがある。けど、駄目なんだ』

『駄目？』

『サリーに強く口止めをされているのか、本当に知らないのか、誰も答えてくれなかった。君に頼んだ理由の一つは、サリーの権力がそれほど及んでいないことと、君たちが陽平と接触する可能性が高いから、というのもあるんです』

『どうして、私たちに接触を？』

『陽平は、才能ある学生の育成に尽力している。それは彼の趣味でもあるんだよ。才能の原石に出会いたいんだ。そんな陽平はサリーと仲違いをしたとはいえ、彼女を認めているから、彼女が選んだ特待生は気になるだろう。もしかしたら、サリーの目が届かないところで、君たちに接触を試みるかもしれない、という気がするんだ』

はあ、と私は相槌をうった。

『それと、君はあの清貴の心を溶かした女性だからね。奇跡を起こすかもしれない』

奇跡とまで言われて、私は目を丸くした。

『君は驚いているけれど、私こそびっくりしたんだよ。清貴は常に心のシャッターを閉じているような男だったからね。まさか、彼がのろける姿を見ることができるなんて……』

ホームズさんの様子を思い出したのか、彼はくっくと愉しげに肩を震わせ、さて、と顔を上げた。

『サリーは、どこだろう？』

ホプキンスは周囲を見回して、サリーの姿を探した。

ホールには人が多く、見付からないようだ。

『捜してきますね』

年配者の彼を歩かせるわけにはいかない、と私はすぐにその場を離れて、サリーの姿を捜した。

が、なかなか見付けられない。

「慶子さん、サリーが今、どこにいるか分かりますか？」

ゲストと談笑している慶子さんを見付けたので、訊ねてみた。

「サリーなら、さっきホールを出て行ったようだから、お化粧直しかしら」

ありがとうございます、と礼を言って、私はホールの外に出る。

すると、通路の先を曲がるサリーとチーフらしきシルエットが目に入り、私はそちらに向かった。

『実は〝アルダリー〟から依頼が入りまして……』

『断れないかしら。忙しいわけだし』

『ですが、驚くべきものが持ち込まれたそうです。それで、ぜひ、あなたに識《み》てもらいたいと仰ってまして』

角を曲がる直前、囁くように話すチーフの声が耳に届き、私は足を止めた。

『それは一体なに？』と、サリーの声。

『東洋の骨董品です。これが本物だったら、世界を揺るがすニュースになります』

その言葉に私は息を呑んで、首を伸ばして角からサリーたちのいる通路を覗く。

サリーとチーフは私に背を向けた状態で並んで立ち、チーフが手にしているタブレットを見ていた。そこに、骨董品の画像が映し出されているようだ。

『嘘でしょう？』

サリーの声色が変わった。

一体、どんな品が映っているのだろう？

私は好奇心を抑えられず、そっと歩み寄って画像を窺う。

だが、チーフがすぐに画像を消したので、見ることはできなかった。

『で、いつ？』

『明後日です』

『分かったわ。引き受けると伝えてちょうだい』

サリーはそこまで言って、振り返る。

私を見て、怪訝《けげん》そうに眉根を寄せた。

『どうかした？』

『あの、ホプキンス氏がいらっしゃってまして、あなたを捜していました』

『あら、そう。分かったわ』

サリーはさらりと言って、足早にホールへと戻った。

私も後に続いてホールに入ると、満面の笑みでホプキンスの許に歩み寄るサリーの姿が目に入る。

『先生、いらしてくださっていたんですね』

『ああ、今着いたところでね』

『お越しくださってありがとうございます。どうぞ、こちらへ』

サリーは、先程とは別人のように、にこにこと微笑んでいる。

ホプキンスは本当にすごい人だったんだ、と今さらながら実感した。

二人の姿を眺めながら、あらためてホプキンスのお願いを思い、さて、どうしよう、と私は腕を組んだ。

サリーと篠原陽平について、詳しい人がここにいるだろうか？

私はそんなことを考えながら、クロエとアメリの許に戻ると、彼女たちは興奮気味に駆け付けてきた。

『葵、ホプキンス氏に話しかけられてなかった？』

『すごいじゃない！　知り合いなの？』

壁際にいた利休くんもやってきて、『彼が、ホプキンス氏なんだね』と、つぶやいている。

やはり彼は相当な有名人だったようで、この世界について疎《うと》い自分が、少し恥ずかしくなった。

『実は今、ホプキンス氏に頼まれたことがあって……』

クロエとアメリは『なになに？』と身を乗り出す。

『自分の愛弟子であるサリーと篠原陽平がどうして仲違いをしてしまったのか、その理由が知りたいそうなの』

そう言った私に、二人は、顔を見合わせたあと、私を見た。

『どうして、そんなことを葵に？』

『アシスタントに訊けばいいじゃない？』

もっともな意見に、私は肩をすくめながら、事情をかいつまんで説明する。

『で、もし良かったら、クロエとアメリに手伝ってもらえたら嬉しいなと思って』

おずおずと訊ねると、二人は、うん、と頷いた。

『よく分からないけど、ホプキンス氏に恩を売っておくのは良いことだわ』

『私もそう思う』

二人はすっかりやる気になったようで、目を輝かせている。

私は、ありがとう、と二人の手を取った。

『このパーティには、業界人が集結しているだろうから、まず、この場で手分けして情報収集ができたらと思って』

私がそう言うと、二人は『了解』『任せて』と、即座に方々《ほうぼう》に散った。

彼女たちは自分に話しかけてきた人に、それとなく二人のことを訊いているようだ。

利休くんは、やれやれ、と肩をすくめて、私を見る。

「悪いけど、僕は手伝わないからね」

「もちろん。それに利休くんは、いつまでも私に付き添ってなくていいんだよ？　もっとニューヨークを楽しんでね」

そう言うと、利休くんは小さく笑った。

「まぁ、それなりに楽しんでるから気にしないで。それより、葵さんも聞き込みをするつもり？」

「うん。できれば、日本人の関係者を探して、話を聞けたらと思ってる」

翻訳機を使って英語で会話はできるけれど、事情を知る日本人がいたら、それに越したことはない。

私は利休くんから離れて、日本人を探した。

4

「いやぁ、君のような日本人が、サリーの特待生に選ばれるなんて、同郷として嬉しいよ。ところでどこの大学で学んでいるの？　えっ、京都府大？　まぁ、学芸員の資格は取れるけど、キュレーターを目指す学校ではないよなぁ」

ホールにいる日本人を探すまでもなく、話しかけてくれた人がいた。

彼は三十代男性で、名刺には『フリーライター　石田高雄《いしだたかお》』と記されている。お洒落を意識した無造作ヘアに眼鏡、うっすらと髭を生やした彼は、まさにニューヨークで活動するフリーライターという雰囲気だ。

「高校生の時は、とりあえず学芸員の資格が欲しくて、私大では親に負担がかかるからと府大を目指してがんばったんです」

えらいねぇ、と彼は顎を摩った。

「でも、サリーに認められるってことは、鑑定眼や知識はあるはずだけど、それはどこで？」

「京都の寺町三条にある『蔵』という骨董品店で、バイトをしていまして……」

そう答えると、彼は、ああ、と大きく頷いた。

「国選鑑定人の家頭誠司の店だ」

なるほどねぇ、と頷く彼を見ながら、なかなか情報通だ、と私は息を呑む。

「あの、日本人といえば、篠原陽平さんのことを詳しく知りたいと思っていたんですが、彼とサリーは、ホプキンス氏の弟子なんですよね？」

さり気なく問うと、石田は、そうそう、と頷く。

「今では、宿敵って言われるくらい犬猿の仲だけど、昔は付き合っているんじゃないかって噂もあったくらい、べったりだったようだね」

そうなんだ、と私は相槌をうつ。

「実際、恋人同士だったんでしょうか？」

もし二人が元カップルだったなら、サリーが少し日本語を話せるのも、今疎遠になっているのも頷ける。

二人にしか分からない、男女間の複雑な事情があるのだろう。

石田は、さあ、と首を傾げた。

「篠原氏は努力の人でね。元々金持ちの息子だったんだけど、バブルの時に父親の会社が倒産して何もかも失っているんだよ。でも、彼は懸命に勉強して、その結果、ＭｏＭＡに就職し、今に至ってる。けどサリーは、親が大金持ちだから、コネでＭｅｔに就職――という噂がある。もちろん実力や才能もあったんだろうけど、この業界ではどんなに才能があっても、有名美術館に就職できない人間は山ほどいるんだ。篠原氏はサリーを認めながらも、面白く思ってなかったようだし、サリーはサリーで、自分は親の七光というコンプレックスがあったそうだよ。二人の仲違いは、そうしたものの爆発なんじゃないかな？」

と、石田は頭を掻きながら話す。

「でも、爆発するにはきっかけがあったと思うんです。どんなことだと思います？」

私が突っ込んで問うと、石田は、うーん、と唸った。

「意見や見解の違いという噂だけどね。そもそも、二人の仲違いにそこまでの興味を持った人がいなかったから、深く追求したことがなかったよ」

そうですか、と私は相槌をうつ。

話しながら、ふと、先程のサリーとチーフの会話が脳裏を過った。

「そういえば、石田さんは、『アルダリー』ってご存じですか？」

そう問うと、彼は驚いたように目を見開いた。

「どうして、君がそのことを？」

「たまたま、話を聞きまして」

そうか、と彼は相槌をうつ。

「——そうだ、知り合いに、キュレーター事情に詳しい人間がいるよ。良かったら、紹介しようか？」

ぜひ、と私は頷く。

「分かった。じゃあ、一度名刺のアドレスに連絡してよ。電話番号も頼むね」

にこりと笑う彼に、私は「はい」と頷いた。

思ったよりも早く、真相に辿り着けそうだ、と名刺を手に喜んでいると、強い視線を感じて、私は顔を向ける。

利休くんが、とても冷ややかな目でこちらを見ていた。

そんな利休くんに向かって、少し情報GETできたよ、と名刺をかざして見せると、彼は呆れたように額に手を当てていた。

どうしてそんな様子を見せるんだろう？

私は首を傾げながら、もらった名刺をバッグの中に入れる。

企画展示を成功させたいし、ホプキンスの期待にも応《こた》えたい。

私は、強い決意をして、拳を胸に抱いた。

［4］マンハッタン・ミュージアム

1

翌日から、私たち特待生と利休くんは、美術館巡りを始めた。

まずは、メトロポリタン美術館からだ。

世界最大級の規模を誇るメトロポリタン美術館。そのコレクションの多さは、ロンドンの大英博物館、サンクトペテルブルクのエルミタージュ、パリのルーブル美術館と並ぶそうだ。

重厚な石造りと緻密な彫刻が美しい外観は、パリの宮殿のようだった。

「ハントのデザインだよ。王道の美しさだよね」

美しい建築物をこよなく愛する利休くんは、美術館を前に嬉しそうに言う。

「ハント？」

初めて聞く名前だった。

「リチャード・モリス・ハント。アメリカ人で最初にフランスの国立美術学校に行った、アメリカでは知られた建築家で、建築家の地位を確立した先駆者だよ」

それぞれの世界に、志《こころざし》を持ち、崇高なものを生み出すクリエイターがいる。

美術館の建物も、作品のひとつなのだ。

メトロポリタン美術館は、一日いても回りきれないと噂されている。

観る時間が決まっている場合、観たいものを絞っておくに限る。

私たちは、各々自分の観たいところを回ることにし、昼頃、屋上庭園で落ち合おうということになった。

私たちは、本当に趣味が違うようだ。

解散すると、三人はそれぞれまったく違う方向へと向かう。

クロエは近代美術、アメリはヨーロッパの装飾美術。

「で、葵さんはどこに？」

利休くんは、やはり私に付き添っている。

「私はミーハーなようだけど、教科書で観てきた美術品をこの目で確かめてみたくて……利休くんは？」

「僕もそれでいい。本で観てきたものを、実際に目にしたらどう感じるのか知りたいし」

そういうことで、私たちは所謂《いわゆる》〝有名どころ〟の美術品を観て回った。

レンブラント、ゴッホ、ルノワール、モネ。通路に展示しているロダンの『考える人』は、以前ホームズさんが言っていたように、触れても怒られないようで、触っている人が多い。もし、日本でこの作家たちの展示会を開催しようものなら、大きな話題になって、美術館は連日にわたり、長蛇の列だろう。

来場者は多いが、観るのに不自由するほど込み合っておらず、気ままに動き回ったり、好きなだけ絵の前に佇《たたず》んでいられる。

美術品のほとんどは写真を撮っても良いようで、皆はスマホを手に気軽に撮影していた。教科書で目にしてきた美術品を、息がかかりそうな近い距離で観るのは、不思議な気持ちだった。日本で展示する場合は、こんなに近付けないだろう。日本よりもアートが身近に感じられるが、作品たちは歴史を背負い、羨望を受け止めてきた神々しさを放っている。

「僕、この画家が好きなんだ」

利休くんが言ったのは、ジョバンニ・パオロ・パンニーニ。

イタリアの画家で、建築家でもあるそうだ。

『サン・ピエトロ大聖堂』をはじめ、彼の描く景観図は、緻密で美しく、どこかファンタジックで、ずっと眺めていたくなる世界が広がっている。

利休くんは作品を写真におさめて、熱っぽくつぶやく。

「好きな作家の作品をこんなに近くで観られて、写真まで撮れるなんて、夢みたいだよ」

「うん……日本の美術館も、こんなふうに身近になれば良いのにね」

「日本の美術館は素晴らしいと思ってるけど、総じてどこも変に敷居を高くしすぎな感じはするよね。あ、ここで『敷居が高い』っていうのは、誤用だったね」

と、利休くんは付け加える。

私は小さく笑って、でも、本当に、と頷く。

「もっと気軽に接するものであってほしいよね」

その後も、私と利休くんは、広い美術館内を観て回った。

約束の時間が近付いているのに気付いて、一階の近代美術コーナー近くのエレベータから、屋上庭園に向かった。

外に出るとセントラルパークの木々の向こうに、マンハッタンのビル群が広がっているのが見える。

それは、胸を鷲掴《わしづか》みにされるような景色であり、私は思わず、わあ、と手を広げた。

「絶景だね」

利休くんは、だね、と景色を観たままつぶやく。

クロエとアメリの姿はまだなく、私たちは景色を眺めながらコーヒーを飲むことにした。

「美味しい」

「うん。『アメリカのコーヒーは不味《まず》い』って話を聞いてたけど、ニューヨークのコーヒーは、なかなか美味しいね」

「アメリカのコーヒーは美味しくないんだ？」

「香りも何もなくて、とりあえず色だけはコーヒー、という飲み物を出すところがあるみたいだよ。母さんの話だけどね」

「好江さん、本当にいろいろなところに行ってるんだね」

「中でも、ニューヨークはお気に入りみたいだね。『ニューヨークは、ビールとコーヒーが美味いから、それだけで生きていける』って言ってたっけ。まったく、駄目な大人の発言って感じだよね」

「駄目な大人というより、人生を楽しんでるって感じが好江さんらしいね。でも、それだけでは生きていけないよね。やっぱり、日本食が恋しくなりそう」

「まぁ、母さんは実際に半年くらいニューヨークに住んでたから、そのくらいなら平気で生きていけるんだろうね」

その言葉に、私は目をぱちりと見開いた。

「好江さん、ニューヨークに留学したことがあるの？」

ニューヨークに着いた日の夜、『もし、学生の頃にこの街に来ていたら、私は何としてもここに住みたいと、どんな努力でもしたんじゃないか』と好江さんは話していた。

その言葉を聞いて、夢は叶えられなかったのだろう、と思っていたのだ。

「留学とも少し違うよ。母さんはニューヨークに住む夢があって、僕がフランスに留学していた時に実行したんだ。葵さんが、『蔵』でバイトを始める少し前のことだね」

ああ、と私は当時のことを思い出しながら、頷く。

利休くんがフランスに留学してしまったので、『蔵』は人員不足になり、私は雇ってもらえたのだ。そして利休くんがフランスに行っていた頃、好江さんもニューヨークに行っていたということだ。

「そうそう、その年の秋に、家頭邸でオーナーの誕生日パーティしたでしょう？　僕は、留学中だから参加できなかったけど」

私は、うん、と頷く。

「オーナーの誕生日は、八月八日なんだよね。なのに、九月にパーティをしたのは母さんがニューヨークから戻ったからなんだ。あれはオーナーの中で、母さん、お帰りなさい会でもあったんだよ」

「そうだったんだ」

初めて知った事実に、私は驚きを隠せない。

「可愛いよね、オーナー」

くすりと笑う利休くんに、私も微笑みながら頷く。

その時、利休くんがポケットからスマホを出した。何かメッセージが入ったようだ。

画面を確認し、利休くんは、やれやれ、と肩をすくめている。

「……遥香からメッセージだった」

「えっ、なんて？」

「こんなこと書いてる」

と、利休くんは、私に画面を見せてくれた。

『せっかく会いに来てくれたのに、あんまり話せなくてごめんね。利休、彼女できたんだ、びっくりした。けど、彼女さんがとても素敵な人だから納得だったよ！　おめでとう、お幸せにね』

その精一杯強がったメッセージに、私は、あわわ、と目を泳がせた。

「遥香さん、めちゃくちゃ誤解してるよ？」

「うん、そうみたいだね。相変わらず、早とちりなんだから」

「誤解を解かなくていいの？」

「別に、いいや。面倒くさい」

「この前も言ってたけど、面倒くさいだなんて……」

利休くんは、遥香さんに『ばーか』と一言だけ返して、スマホをポケットに入れた。

「どうして、そんな返事をするの？」

遥香さんが利休くんのことを好きなのは明白で、彼もそのことに気付いているはずだ。

私の問いかけに、利休くんは何も答えない。

「利休くんだって、遥香さんのことが特別だから、わざわざ会いに行ったんじゃないの？」

そう問うと、利休くんは頬を緩ませた。

その表情は何を意味するのだろう、と私が顔をしかめていると、利休くんは、ほら、と指差した。

「それより葵さん、ようやくクロエとアメリが来たよ」

振り返ると、クロエとアメリが、手を振りながらこちらに向かって駆けてくる。

よほど美術館が楽しかったようで、頬が紅潮していた。

きっと自分もあんな顔をしていたのだろう、と私も手を振り返した。

2

午後からは、『サザビーズ』に向かった。

サザビーズとは、十八世紀のロンドンで創業されて、今も続いている世界初で最古のオークションハウスだ。現在はニューヨークに本部があるらしい。そこでは、オークションだけではなく、美術品の展示や次のオークションにかけられる作品の内覧なども行っているという話だ。

歴史あるオークションハウスの本部ということで、趣きのある建物を想像していたけれど、ガラス張りの近代的なビルだった。

真っ白い壁に、たっぷりと間隔を空けて絵画が展示されている。シンプルで、洗練された空間だった。

近くにいた人が、『この絵、落書きにしか見えないわね』と笑っていたが、そう言われてしまうのも頷ける斬新な作品が多い。

かくいう私も、何が良いのか分からない、と首を傾げてしまうものもある。

だが、そういう作品に共通しているのは、勢いと熱があることだろうか。

それが、誰かの胸に刺さるように届くのだろう。

私が絵を眺めていると、アメリが『ちょっと、あそこ見て』と軽く袖を引っ張った。

彼女が指差す方向に視線を向けると、グレーヘアの日本人が誰かと話していた。

篠原陽平だ。

『こんなチャンスないわ。話しかけましょうよ』

アメリはそう言って、篠原陽平の許へと向かう。

私とクロエもその後に続いた。

彼は、スーツを着た日本人女性と、日本語でぼそぼそと話している。

「この作品は、以前『アルダリー』に出ていたものだな」

「はい。いろいろ片付いたので、今こうしてここにあるようですね」

「この絵がオークションにかけられることを、顧客に伝えてほしい」

「かしこまりました」

二人の距離感と口調から察するに、どうやら連れ添っている女性は彼の秘書のようだ。

「『アルダリー』といえば、あれは、どうなった?」

「サリーが、鑑定を引き受けたようです」

「そうか、やっぱりな」

そんな会話が耳に届いた。もしかしたら、パーティーでサリーとチーフが話していたことだろうか？　と私はドキドキしながら様子を窺った。

そもそも、『アルダリー』とはなんなのだろう？　石田さんは知っていたようだけど、それがなんなのかは、まだ聞いていなかった。

『ねぇ、二人は「アルダリー」ってなんなのか知ってる？』

私が小声で訊ねると、クロエ、アメリ、利休くんの三人は、さぁ、と首を捻る。

皆、知らないんだ、と私はあらためて篠原陽平を見た。

視線に気付いた彼は、「うん？」と首を伸ばして、私たちを見た。

『君たち、僕に何か？』

そう問われて、私たちは安心して、彼に話しかけた。

『篠原陽平さんですよね。私たち、一流の美術キュレーターを志している学生なんです』

『お会いできて光栄です』

アメリとクロエが臆せずに彼に向かって、握手の手を差し伸べる。

私は二人の一歩後ろで、会釈をした。

彼は、にこやかに握手に応えて、私の方を向き、

「君は、もしかして日本人？」と日本語で訊ねた。

「あ、はい。真城葵といいます」

「ああ、やっぱり。留学生かな？」

その質問を受けて、私は一瞬迷ったけれど、あえて伝えようと口を開いた。

「私たちは、サリー・バリモアの特待生なんです」

篠原陽平がどんな反応をするのか、知りたかったからだ。

彼は瞬時に顔色を変えた。

「そうか。今度は、サリーのやつ、君たちを使って僕にコンタクトを取ろうという作戦に出たわけだ。僕が学生に甘いのを知っていて……」

私たちは彼の意図を掴めずに、思わず顔を見合わせた。

『いいかい、サリーに伝えてほしい。どんな手を使おうとも、あの作品を渡すつもりはない、と』

篠原陽平は英語で吐き捨てるように言って、背を向ける。私たちは呆然と、歩き去る彼の背中を見送った。

3

その後、慶子さんから連絡が来て、サリーが今準備中の『光と陰～フェルメールとメーヘレン～』の展示を一緒に見学してから、私たちはサリーの実家に戻った。

サリーの実家で下宿をさせてもらっているが、食事は自分たちで用意するように言われている。

私たちは帰りがけに買ってきた巨大なピザをダイニングテーブルの上に置き、缶ビールで乾杯した。

『ねぇねぇ、あの時の篠原陽平の発言、どう思う？』

アメリは、ピザを頬張りながら、サザビーズでの出来事を思い出したように言う。

『サリーは、篠原陽平が持っている作品を欲しがってるってことだよね』

私はそう言ってから、頭の中でこれまでの情報をまとめた。

サリーと篠原陽平は、同門で、かつて親しかったけれど、今は絶縁状態だ。

サリーには、なんとしても成功させたいプロジェクト『光と陰～フェルメールとメーヘレン～』の展示会があり、そのイベントを成功させるべく奮闘している。そんな大変な時に自分の特待生を持つという、彼女らしからぬことをしている。

それは、すべて、私たち特待生を使い、学生に甘いらしい篠原陽平を懐柔《かいじゅう》させて、ある作品を手に入れようという目論見だった――？

うーん、と私は首を捻る。

あと、気になるのは、あの言葉だ。

私はチーズで汚れた手を丁寧に拭って、スマホを手にする。

『アルダリー』で検索すると、人名や店名など、数えきれないくらいヒットした。

そこに『サザビーズ』というワードを加える。

〝サザビーズは、サミュエル・ベーカーが、ジョン・スタンリー・アルダリー男爵の書庫から『数百冊単位の価値の高い本』の処分を統括するにあたって一七四四年三月十一日にロンドンで設立された。当時は、彼自身の名前のもとでオークションを開催した〟

そんな情報が出てきた。

つまり、サザビーズは、元々アルダリー男爵の貴重な本をオークションにかけるために創られた会社だったのだ。

だとすると、サリーが言っていた、『アルダリー』とは……。

『それはそうと』

クロエが、ビールの缶をテーブルに置いて、真剣な眼差しを見せた。

『私たちが何より考えなきゃいけないのは、企画展示のことよ』

そうだった、と私とアメリ。

『食べながら打ち合わせをしようか。とりあえず、思い付いたコンセプトやイメージを言っていくことにしよう』

私はノートとペンを出した。

二人は頷いて、各々の意見を口にしていく。

やはりアメリはミュシャをリスペクトした作品をメインに、アール・ヌーヴォの世界を表現したいようで、一方、クロエは現代アートを推していきたいようだ。

私はというと、やはり浮世絵の雰囲気を持つ作品を展示できたら、と思っている。

こうなったら、クジで決めようか、という流れになった時、私は『あの』と手を上げた。

『三人の展示したいものを融合させてみるのは？』

えっ、と二人は目を丸くする。

アール・ヌーヴォ、現代アート、ジャポニズム、これらの芸術をひとつに統一する。

『無秩序にならない？』とアメリ。

『でも、それを上手く融合させるのは面白いわ』

そう言って目を光らせたのは、クロエだ。

私は、うん、と頷いた。

『この三つは、親和性が高いと思う』

私たちは一気に盛り上がり、ああしよう、こうしよう、と企画を深めていく。

『面白そうだから、僕が意見を聞いて、設計図を作ってあげるよ』

それまでソファーに座って黙って様子を見ていた利休くんも、ノートパソコンを手に、テーブルの方にやって来た。

その時、私のスマホが鳴った。

電話はフリーライターの石田高雄からだった。

「はい、真城です」

『ああ、葵ちゃん。話していた詳しい人とアポ取れそうなんだ。明日の午後、ブルックリンブリッジの方に来られる？』

明日の予定は、午前中、ブルックリン美術館に行き、午後からは自由行動の予定だ。

「大丈夫です」

『詳しい場所はメールで伝えるね。それじゃあ、明日』

ありがとうございます、と私は礼を言って、電話を切った。

5

翌日、ニューヨークで二番目の規模を誇るブルックリン美術館での視察を終えた私たちは、その後、それぞれ自由行動ということで解散した。

アメリとクロエは、ＳｏＨｏやチャイナタウンに行くと話し、私は利休くんとブルックリンブリッジを渡り、約束の店に向かっていた。

「ここも絶景だね」

利休くんが、しみじみと言う。

ブルックリンブリッジは、その名の通り、マンハッタンとブルックリンを結ぶ釣り橋だ。全長は一八二五メートル。

情緒のあるゴシック風デザインは、趣きがあって美しい。

何より、その橋から望むイースト川と、その向こうに広がるマンハッタンの街並みは、利休くんの言う通り『絶景』だった。

「本当にすごいね。ニューヨークに来てから、『すごい』しか言えてない気がするけど」

橋の上を歩きながらつぶやく私に、利休くんが「語彙力」と笑う。

「まあ、でも、『すごい』よね」

うん、と私は頷いた。

これまで、感じたことのないエネルギーが、この街にはある。

橋を渡りきったところが『ダンボ』という街だ。

川沿いには緑の公園が広がっていて、倉庫を利用したショップなどがある。

石田高雄とは、ブルックリンブリッジが見渡せるカフェで待ち合わせしていた。


指定の店は、レジで先に飲食物を購入するタイプのカフェだった。

私と利休くんはコーヒーを買って店内を見回す。

石田さんは既に店内にいて、彼は私たちを見るなり、大きく手を振った。

「こんにちは、葵ちゃん。いやぁ、こんな可愛い子と一緒に来てくれるとは思わなかった」

石田さんは、私の隣に立つ利休くんに視線を移し、デレデレと鼻の下を伸ばす。

今日の利休くんは、デニムのオーバーオールにキャップを被っていて、一応『男の子』の格好をしているけれど、ボーイッシュな美少女に見える。

「……僕はただの付き添いなので、カウンターにいます」

露骨な視線にげんなりしたのか、利休くんは素っ気なく言って、近くのカウンター席に座った。

「照れ屋なのかな？　一人称が『僕』の娘《こ》っていいよね」

ふふっ、と笑う石田さんに、私は苦笑した。

「ああ、葵ちゃんも可愛いよ。ごめんね」

謝られる必要は微塵《みじん》もないので私は、いえ、と首を振る。

「特待生は、今どんなことをしているのかな？」

「美術館の視察です。昨日はメトロポリタン美術館とサザビーズ、あと、サリーが手掛けている『フェルメールとメーヘレン展』の準備を見学しました」

「ああ、あれを先に観られるのは、役得だね」

「はい、フェルメールとメーヘレンの作品がそれぞれ十点ずつ展示されていまして、とても興味深かったです」

私は話しながら、昨日の夕方観た展示を振り返る。

『真珠の耳飾りの少女』『牛乳を注ぐ女』『ギターを弾く女』など、教科書で観たことがある有名な作品ばかりだ。

メーヘレンが手掛けたフェルメールの贋作も、『姦通の女』『エマオの食事』と有名なものばかりだった。

「観比べてどうだった？」

「時間を空けて別々に観たら、惑わされてしまうかもしれませんが、比べてみると、なんとなくですが、違いが感じられました」

へぇ、と石田さんは、口角を上げる。

「どういうふうに違ったのかな?」

「光の描写と、全体的な雰囲気やタッチが違っていました。フェルメールは温かく、メーヘレンからは冷たさが感じられます。ああ、でも、『楽譜を読む女』には驚かされました。真作じゃないかと思ってしまって……贋作にこういうのも躊躇いますが、秀作だと思いました」

フェルメールに、『青衣の女』という作品がある。青い服を着た女性が立った状態で手紙を読む姿を横から描いたものだ。

『楽譜を読む女』は、その女性が着座していて、楽譜に目を落としていた。

この二作は、同一の作者ではないか、と思わせられたのだ。

ふぅん、と石田さんは、興味深そうに相槌をうっている。

「あの、そういえば、『詳しい人』はここに?」

私が店内を見回して訊ねると、石田さんは首を振った。

「彼は今、『アルダリー』にいるんだ」

「『アルダリー』は、場所ですか?」

「そうだな、ちなみに君には、『アルダリー』がなんなのか見当がついているかい?」

石田さんは、試すように視線を私に向けた。

サザビーズは、アルダリー男爵の本を売ることからスタートした。

となると、アルダリーは……。

「サザビーズに出展する前の品が集められている場所、ですか？」

私がそう問うと、彼は満足そうに微笑む。

「かなり近いよ。そこも一応オークションハウスなんだ。サザビーズのような大規模ではない、セレブ御用達の会員制でね。今日、オープンしているから、これから行くかい？」

「会員ではない私も入れるんですか？」

「俺が一緒だから大丈夫だよ」

すると話を聞いていたらしい利休くんが振り返って、

「それ、僕も入っていい？」

にこりと微笑んで訊ねる。

「もちろん。会員一人につき、二人まで同伴できるんだ」

石田さんは、よほど利休くんが好みのようで、目尻を下げて言う。

「それじゃあ、早速だけど行こうか。お宝が持ち込まれたって話題になっていたんだ」

石田さんは、すぐに立ち上がって店を出る準備をする。

私も腰を上げて、使用したカップを片付けていると、利休くんがやって来て小さく息をついた。

「……ほんと、僕が側にいて良かったよね」

「うん、ありがとう。利休くんがいなかったら、『行きます』とは言えなかったし」

「それだけじゃないよ。まったく分かってないんだから。パーティでは、あの男、めちゃくちゃ鼻の下を伸ばしてたじゃん？　絶対下心あるから」

「え、そうかな？　でも、今は利休くんを見てデレデレしてたよね？」

「だから、僕がいて良かったって言ってるの」

これじゃあ、清兄の心配も絶えないよね、と利休くんが腕を組む。

私は、はあ、と気の抜けた返事をした。

6

ブルックリンブリッジからタクシーに乗り、十分も経たずに『アルダリー』に着いた。

その建物は、まるで横浜や神戸の倉庫街にあるような煉瓦造りで、レストランや劇場のようにも見える。

重厚な扉を開けると受付があり、警備員が二人、目を光らせている。

さらに奥に入口があった。

石田さんが、受付に会員証を提示している。

その時に受付から渡されたのは、入館バッチと仮面がずらりと入った箱だった。

「仮面？」

イタリアのカーニバルで使用するような、華やかな目隠し仮面だ。

「今日はイベントなんだ。好きなのを選んで着けるといい」

と、石田さんは、ファントムのような仮面を手に取って着ける。

これではまるで、仮面舞踏会だ。

私と利休くんは思わず、顔を見合わせる。

戸惑っていると、扉が開いた。私たちは急いで仮面を手に取り、そそくさと顔に着けて中に入る。

咄嗟《とっさ》に取った私の仮面は鳥の羽を思わせ、利休くんの仮面は揚羽蝶《あげはちょう》を連想させるデザインだ。

広い吹き抜けのホールの天井は高く、シャンデリアが下がっている。

ホールにはいくつもの扉、そして奥へと続く通路や階段があった。

「こっちだよ」

石田さんは通路を渡って、階段を下りていく。

煉瓦の壁には、ランプのような照明が下がっていて、まるで地下牢に続く階段のようだ。

下に着くと、そこもホールになっていて、たくさんの人で賑わっている。

どうやら、ギャラリーのようで、古美術、宝石や時計、ブリキのおもちゃ、スターが使用していた手袋まで、さまざまな物が展示されていた。

どれも珍しく、高価な品が多い。

「…………」

しかし、どうにも拭いきれない嫌な予感がする。

「ねぇ、利休くん、ここにあるのって、もしかして……」

私が小声で耳打ちすると、利休くんは、うん、と頷いた。

「きっと盗品だね。この『アルダリー』は、表に出せない物が集まるところなんだよ」

やっぱり、と私は息を呑む。

「それに、今日だけイベントで仮面を着けるようなことを言ってたけど、きっと、いつも着用なんじゃないかな」

利休くんは、やれやれ、という様子で腰に手を当てた。

つまりは、会員制の闇オークション会場。

とんでもないところに来てしまった。

「利休くん、とんでもないところに付き合わせてごめんね。もう帰ろうか……」

私がそう言いかけた時、タキシードに仮面を着けた男が、マイクを手に現われた。

レディース＆ジェントルメン、と声を張り上げる。

『「本物」を求めてやまない皆様、ご来場ありがとうございます。早速ですが、本日の話題の作品です。これが本物だったら、世界を揺るがす大ニュースになるでしょう！　名前は明かせませんが、この場で一流のキュレーターに鑑定してもらいます』

パッ、と、ある女性にスポットライトが当たった。

フルフェイスマスクを着けていたが、彼女がサリーであることは一目瞭然だった。

おそらく他のゲストもそれを分かっていながら、明かさないルールなのだろう。

仮面を着けているサリーは、やれやれ、と肩をすくめる。

『毎度のことながら、こういう演出は勘弁してもらいたいわ』

そう言ったサリーに、周囲から笑い声が洩れる。

タキシードの男は、そう仰らずに、とおどける。

『では、今回持ち込まれたのは――こちらの作品です』

舞台の中央に、テーブルがせり上がってくる。

そこに、木箱が置いてあった。

サリーはゆっくりと中の品を取り出す。

周りの人たちは、固唾《かたず》を呑んで注目しており、会場は静まり返っている。

出てきたのは、黒い茶碗だった。

次の瞬間、その茶碗の映像が、四方八方のディスプレイに表示される。その茶碗の内側は、宇宙のきらめきを見せていた。おおっ、とゲストたちが唸る。

私は思わず、口に手を当てた。

『嘘みたい。曜変天目よ』

『今のところ、世界に三つしかなかったはずよね』

利休くんも「え、嘘だよね……？」と洩らしている。

そんな周囲のどよめきの中、サリーも動揺の色を見せていた。

先日の『蔵』での出来事が頭を過る。

私も動揺したのだ。でも、あれは……。

思わずサリーの許に駆け寄り、私は声を張り上げた。

「それは、贋作です！」

咄嗟のことに日本語で言ってしまったが、サリーには通じたようだ。

それと同時に、私が誰かも気付いたようだ。

その上で、サリーは露骨に怪訝そうな視線を向けた。

何も知らないくせに何を言うのか、と思っているのだろう。

私はすぐに補足した。

「同じようなものを観たばかりなんです。日本のある大学が、科学技術を用いて曜変天目茶碗の再現を試みていまして、それが、いくつか紛失し、たぶん盗難にあったかもしれないという話でした。おそらくその茶碗は、盗まれたあとに〝時代付け〟がなされています……」

素晴らしい茶碗を再現したいという理想を胸に作られた茶碗が盗み出されて、今や悪意の細工をされてしまっている。

それはもう模倣品ではなく、贋作に成り下がってしまったのだ。

『…………』

サリーはしばし黙り込んで、茶碗に目を落とし、そうね、と頷いた。

『この茶碗は科学的に作られたものよ。それに、年季をつける作業が作為的にされている。贋作ね。ただ、茶碗自体の出来……曜変天目の再現度は素晴らしいものよ。むしろ、お粗末な年季をつけられたことが残念なくらい』と残念そうな声が上がる。

贋作という鑑定結果に、周囲から、ああ、と残念そうな声が上がる。


サリーは、私も残念よ、と小さく笑って、私の方を向いた。

『ところで、あなたはどうしてここに？』

『それは、その……』

返答に困ると、サリーは、『まあ、いいわ』と苦笑した。

『ここは、事情や素性を訊くのはタブーな場所だったわね……勉強熱心なのはいいけれど、ここは、何もかもが商品になるところよ。お気をつけなさい』

サリーはそれだけ言って踵《きびす》を返し、ホールを出て行った。

私が呆然としていると、石田さんがやって来て、「いやあ、驚いた」と私の肩を叩く。

「たいしたもんだよ、さすが、キュレーターの卵」

「いえ、余計なことを言ってしまいました」

以前、私はあの再現品を前にして、本物だと思ってしまったのだ。

だから、もし、サリーに本物と鑑定されたら、と焦った。

それは、サリーを信用していなかったということだ。

「いやいや、良かったよ。それより、『詳しい人』がゲストルームで待っているから、話を聞くといい」

「あ、はい」

私は本来の目的を思い出し、石田さんの後について、ゲストルームに向かった。

7

ゲストルームは、ヨーロピアン風のソファーが向かい合って並んでいた。

クリスタルのシャンデリア、壁には鹿の首の剥製《はくせい》にシャガールの絵画と、圧倒される豪華さだ。

手前に私と利休くんが並び、奥に石田さんと『詳しい人』が座っている。

『詳しい人』は、でっぷりと太った体をしている。

私たちと同じ日本人の男性だそうだが、仮面を着けているので、本当のところはよく分からない。

この『アルダリー』では、名前を訊ねたり、名乗るのはタブーだそうで、私たちは互いに自己紹介をしなかった。

「サリーと篠原陽平は、噂通り、昔付き合ってたんだよ」と、彼は話す。

それは私も感じていた。

交際していたからこそ、サリーは日本語ができるのだろう。

「ただ、お互い同じ道を進んでいる者同士、複雑でもあったみたいなんだ。篠原は努力を重ねてキャリアを積み上げた。一方、お嬢様だったサリーは、恵まれた環境下でとんとん拍子に成功の階段を上って行った。二人の才能は互いに拮抗していたから、余計に葛藤があったみたいでね」

才能や境遇への嫉妬――。

その感情は私自身も覚えがあり、無意識に下唇を噛んでいた。

「そんなある日、この『アルダリー』に一枚の絵画が持ち込まれた。それは科学的に分析をしても真贋が分からない作品だったんだ。その時、鑑定を依頼されたキュレーターが篠原陽平だった。まぁ、仮面を着けているから、彼とは断定されていないけどね。とにかく、その作品を彼が『本物』と鑑定したんだけど、すぐにサリーがやってきて、『違う、これは贋物だ』と断言したんだ。その場にいた者たちは、二人の鑑定を聞いて戸惑いながらも、サリーの意見を信じたんだよ。それ以来、二人の仲は断絶したってわけだ」

そうだったんだ、と私は相槌をうつ。

だから、ホプキンスは、この出来事を知らないし、アシスタントも口にできなかったのだろう。

仮面を着けた、いわば秘密クラブの中で起きた出来事なのだ。

「その作品は、どういうものだったのですか？」

私が突っ込んで訊くと、『詳しい人』は、口許を歪ませるように笑った。

「おや、まだ訊くんだね？」

私が頷こうとすると、それを制するように利休くんが口を開いた。

「ねぇ、『まだ訊くんだね？』って、どういうこと？」

私は、えっ、と利休くんの方を見る。

「もしかして、これ以上訊くと、何かあったりする？」

睨《にら》むような目を見せる利休くんに、男と石田さんは、くっ、と笑う。

「ああ、そうだよ。俺の情報は一つ五十万だ。もう一つ訊くということは、さらに課金される」

思いもしないことに、私は目を泳がせる。

「それじゃあ、君の二つ目の質問に答えてもいいかな？」

私が慌てて首を横に振ると、

「では、質問は一つだけということだから、五十万円ね」

彼はそう言って、手を出した。

「そ、そんな。情報にお金がかかるなんて。しかもそんな大金」

すると石田さんが、くっ、と笑う。

「さっき、サリーに忠告されていたよね？　ここでは、なんでも商品になるって。俺たちも言わなかったけど、君も最初に訊きもしなかった」

そんなのっ、と私が身を乗り出すと、男は、まあまあ、と笑う。

「心配しなくていいよ。君たちにお金がないのは分かってる」

その言葉に、タチの悪い大人にからかわれたのだろう、と安堵するも、

「日本人のちゃんとしたお嬢さんは、とても高く売れるんだ。さらに優秀となると値段は上がる。さっきの君の勇姿を見ている人も多いし、君たち二人なら、一晩で大金を出してくれるセレブはたくさんいるだろう。君たちにもうんと稼がせてあげよう」

「そうそう、君もこれからこの業界でやっていくなら、セレブとつながっておいた方がいいよ。なんなら、今後のパトロンにだってなってくれるかもしれない」と石田さん。

男が腕を伸ばして、私の手首を掴もうとする。

その時、利休くんが、私たちの間にあったテーブルを蹴り上げた。

その場でひっくり返る男と、目を丸くする石田さんの顔が目の端に映る。

「行くよ、葵さん」

利休くんは私の手を取って、ドアノブに手を掛けた。

だが、鍵がかかっていて開かない。

どうしよう、と慌てる私に、利休くんは、「こういう場合、清兄ならこうするよね」と、躊躇《ちゅうちょ》なくドアノブに踵《かかと》を落として破壊し、扉を開けた。

ドアが壊れたため、センサーが作動したのか、館内にサイレンが響き渡る。

利休くんと私は、仮面を着けたゲストたちをかき分け、一心不乱に通路を走り、階段を駆け上がって、出口へと急いだ。

『あのガキを捕まえろ！』

と、背後で声がしている。

出口には警備員が二人、待機していた。どちらも屈強な体躯《たいく》のアメリカ人だ。

にやにや笑って、私たちを待ち構えている。

利休くんは、うわあああ、と声を上げながら、警備員の腕を掴んで一本背負いをした。

体が大きいだけに、倒された衝撃も強かったらしく、男はしばらく動かない。

もう一人の警備員は、思いもしないことにぽかんと口を開けていた。

利休くんは、その隙《すき》をついてみぞおちに肘を入れる。

ぐっ、と蹲《うずくま》り、その場に膝《ひざ》をついた。

「さあ、行こう」

「う、うん」

外に飛び出して、利休くんと私は、再び走る。

辺りは既に暗くなっていて、ブルックリンブリッジがライトアップされていた。

ある程度走ってから、背後を確認する。

追手は来ていないようなので、私たちは建物の壁にもたれかかって、呼吸を整えた。

利休くんも、はあはあ、と肩で息をしている。

「利休くん……ありがとう」

私のせいで、大変な目に遭わせてしまった。

サリーや篠原陽平が口にしていた『アルダリー』が、会員制のオークションハウスだと聞いて、京都の老舗にあるような一見様しか入れないVIPの世界を連想していた。

「……別に。あなたは清兄の大切な人なんだから、僕が護るのは当たり前のことだよ」

利休くんは素っ気なく言って、顔を背ける。

いつも変わらない利休くんに、頬が緩んだ。

「本当にありがとう」

利休くんは、そっと肩をすくめる。

「もう謝らなくていいよ。ただ、葵さんは、これから気を付けるようにね」

「う、うん」

「頷いてるけど、分かってないでしょう？　葵さんは、鑑定眼も観察眼もあるのに、悪人を見抜けない。ううん、違う。人の悪意をキャッチしないようにしてるんだ」

利休くんにハッキリと言われて、私の心臓が強い音を立てた。

「葵さんの中では、人はみんな善人でいてほしいから、あえて、良いところだけを見ようとしているんだよね？　そこがあなたの良いところなのかもしれない。でも、時と場合によっては、目を逸《そ》らさずに見極めなければいけない時がある。石田は、下衆な目であなたを見ていた。最初は下心があるんだろうと思っていたけど、どんなかたちであれ、あなたを利用したいと思っていたんだ」

私は何も言えずに、利休くんを見詰め返す。

「別に、出会う人すべての悪意を感知しろって話じゃないよ？　これからその人と仕事をする、行動をする、何かを任せる、そういう時はしっかり見極めて、その上で付き合っていく必要があるんだよ」

利休くんの言う通り、私は人の悪意を見ないようにしてきた。

見ないというと、語弊がある。気にしないようになっていた。

きっかけは、ホームズさんだ。美しさも醜さも黒さも備え持つ彼を好きになったことで、人の良からぬ部分に触れても、自然とそこをスルーするようになった。

さらに私のそういう部分に拍車をかけたのは、円生さんの存在だった。

彼のもっとも恐ろしい部分に触れながらも、その奥底には純粋なものが眠っていた。

それを目の当たりにして、悪意や黒さに触れても、きっと美しいものがその裏側にあると、呑気《のんき》に信じてしまっている。

そうした考えをあらためようとは思わないけれど、こうして騙されてしまうなら、話は別だ。

見極めなければいけない。

ふと、ホームズさんの言葉が頭に浮かんだ。

あれは、雨宮（菊川）史郎に、ビジネスの話を持ち込まれた時だ。話だけ聞くと、魅力的なものだった。

『ビジネスは「良い話」である前に、「信用できる相手」としてこそだと思っております』

大事なのは、条件ではなく、その人が信用の置ける相手かどうか、だ。

それは、すべてにおいて当てはまる。

他人よりも鋭い彼は、さまざまな感情をキャッチしながら、それでも凛《りん》として立ち、いつも冷静な判断をしている。

私も、そうならなければ……。

その時、一台の車がやって来て、私たちの前で停車した。

運転席の窓が開いて、慶子さんが顔を出す。

「まったく、あなたには驚かされっぱなしだわ」

「慶子さんっ！」

「さあ、乗って。送るわ」

彼女の言葉に私たちは頷いて、後部座席に乗り込んだ。

慶子さんはアクセルを踏んで、車を発進させながら、少し呆れたように息を吐き出す。

「まったく、大変なことになるところだったわよ」

すみません、と私は身を縮こませた。

「慶子さんも会場にいたの？」

利休くんは、悪びれた様子もなく訊ねる。

「……ええ。曜変天目茶碗が出展されるという噂を聞いたから。でなければ、あんなあやしげなところ、行ったりしないわ」

慶子さんはまるで言い訳をするようにそう答えた。

ああいう場所は、こういう業界内では当然のように存在しているものなのかと思ってしまったけれど、やはり、関係者の間でも『良くないところ』という認識のようだ。

「サリーはどうして、あんなところで鑑定を？」

「ああいうところで、キュレーターが顔を隠して鑑定する理由は二つ。一つはお金のため。もう一つは付き合いよ。サリーは後者ね。ああいう会員制秘密クラブって、セレブと密接だったりするから。それより、あなたたちこそどうしてあそこに？　そもそもどうやって入ったの」

慶子さんに問われて、私はばつが悪かったが、いきさつを話した。

ホプキンスに頼まれたこと。

石田高雄にそそのかされたこと。

慶子さんは、あー、と額に手を当てる。

「石田って男は、フリーライターって肩書もインチキな胡散臭《うさんくさ》い奴よ。日本人だからって信用しちゃ駄目」

はい、と私は首を垂れる。

おそらく、石田高雄は私が、『アルダリー』の話をしたので、カモにしようと思いつついたのかもしれない。

反省しきりで、言葉も出せずにいると、

「まー、これも勉強だよ。ねぇ、慶子さん、あいつらしつこく追って来たりする？」

と利休くんが訊ねる。

「気にすることないわ。こちらが何もしない限りは、深追いもしてこないわよ。あそこは秘密クラブだから、大ごとにしたくないのよ」

私はホッとして、窓の外に目を向ける。

ブルックリンブリッジを渡り、北へと進んでいくところだ。

もうすぐ、ＳｏＨｏだろうか。

たまたま、遥香さんのお父さんの和傘店の前を通った。

ニューヨークの街の中でポツリと明かりの灯った和傘店は、どこか街にミスマッチで幻想的だった。

車はやがて、タイムズスクエアを進んでいく。

ここは、年末のカウントダウンが行われる、マンハッタンでもっとも有名な場所だ。

ネオンの広告のインパクトが強いのに、下品さは感じられない。光の海に包まれた街は華やかに賑わい、その中を人々が楽しそうに歩いている。

世界の大都会でありながら、せかせかした雰囲気はなく、どこかゆったりしている。

移民の地だからなのだろうか、余所者《よそもの》に対する視線をとても優しく感じる。

ここは、唯一無二の街だ。

「やっぱり、ニューヨークって素敵な街だね」

窓の外を眺めながら、ぽつりとつぶやいた私に、利休くんが半ば呆れたように肩をすくめた。

「さっきあんな目に遭ったばかりなのに？」

そうだけど、と私は苦笑した。

「怖いところ、怪しいところは、世界中――日本にだってあるわけで、そこに近付いてしまった私が馬鹿だっただけ。ニューヨークが素敵なのは変わらないよ」

そう言うと、利休くんは、あー、と言いながら頭を掻いた。

「葵さんって、どこまでも葵さんだね」

「どういうこと？」

「人でも場所でも、そこに触れたら、良いところを探して感動してる」

えっ、と私は目を瞬かせた。

普通、わざわざ、悪いところを探したりはしないだろう。

「でも、そういうとこ、清兄に似てるよ……」

利休くんは頬杖をつきながら、独り言のようにつぶやいた。

たしかにホームズさんは、何かを観たり触れたりしたら、『素敵ですね』『素晴らしいですね』『美しいですね』と、いつも感動しているイメージだ。

私が引いてしまうような場面でも、良いところを見付けて喜んでいる。

今、ホームズさんがこの車に乗っていたら、誰よりも嬉しそうにしているはずだ。

「ホームズさんほどではないよ」

私がそう答えると、運転していた慶子さんが、ぷっ、と笑った。

利休くんも愉しげに笑っている。

私も笑いながら、急にホームズさんの声が聞きたくなった。

思えば、こっちに来てから慌ただしく、時差もあるので電話をかけられずにいたのだ。

慶子さんにサリーの実家まで送ってもらった私は、クロエとアメリへの挨拶もそこそこにシャワーを浴びて部屋に下がらせてもらった。

ベッドに腰を下ろして、時計を確認する。

上海は、朝になった頃だろう。

私は少しドキドキしながら、ホームズさんに電話をかけた。

ボタンを押すと、すぐに彼は電話に出た。

『葵さんっ』

弾むような声だった。

「ホームズさん、全然電話できなくてごめんなさい」

『いえいえ、そうだ、すみません。思わず電話に出てしまいましたが、今、こちらからかけ直しますね』

ホームズさんはそう言って一度、電話を切り、かけ直してくれた。

『——葵さん、お元気そうで良かった』

「はい、元気です。すみません、慌ただしくしていまして。実は今、サリーの実家に他の子たちと一緒に泊まらせてもらっているんですよ」

『ああ、そうだったんですね。そういえば、時差ボケは大丈夫ですか？』

私は、そういえば、と思い返す。

「大丈夫みたいです」

それは良かった、とホームズさん。

久しぶりに聞く彼の声に、胸がドキドキしている。

『それで、どんなことをされているんですか？　サリーと美術館巡りや、自宅サロンでの談話会はしていますか？』

ホームズさんの問いに、私は思わず笑ってしまう。

なぜ笑ったのか、彼は不思議そうな様子だ。

「それが、思っていたのと違ったんです。サリーに会ってすぐに試験がありまして……」

私はくすくす笑いながら、これまでのことをホームズさんに報告した。

ホームズさんは興味深そうに相槌をうっている。

『想定外のようですが、楽しそうですね』

はい、と私は頷く。

「ホームズさんの方は順調ですか？」

『――ええ。ちょっとトラブルがありましたが、順調です』

「トラブル？」

『円生が、「俺には無理や。鑑定士にはなれへん」と飛び出してしまったんですよ』

ええっ、と私は目を丸くした。

「そ、それで、日本に帰っちゃったんですか？」

『いいえ、少し落ち着いたら戻ってきました。ですが、やはり鑑定士を目指すのはやめたようです』

その話を聞いて、私の中に苦いものが込み上げる。

きっと、円生さんもステップアップになるだろう、と意気揚々と上海に向かったはずだ。

そこで、ホームズさんとの差を突き付けられて、自分の限界を感じてしまったのかもしれない。

だとしたら、円生さんの気持ちが痛いほどに分かる。

私が黙り込むと、ところで、とホームズさんの声が届いた。

『そちらは何か変わったことはありませんか？　危険な思いをしたりとか』

どきん、と心臓が音を立てた。

今日、まさに、秘密クラブに意図せず入ってしまい、危険な目に遭ったのだ。

だが、今はそのことをホームズさんに伝えないでおこうと思った。

内緒にしておきたいのではなく、彼が過度に心配しそうだからだ。

『ニューヨークは、随分安全になったと思いますが、やはり治安の問題もありますし

……』

その言葉に私は、そういうことか、と胸に手を当てた。

「いえ、大丈夫ですよ。私もここに来るまで、ニューヨークはもっと危険な街だと思って

いたんですが、都会なのにどこかのんびりした雰囲気で驚いていたくらいです」

ホームズさんは、ああ、と頷く。

『分かります。東京や大阪の方がずっと急いだ雰囲気ですよね』

「そうなんですよ。あ、それに、いつも利休くんが付き添って、私をガードしてくれているんです」

『そうでしたか。利休が……。すみませんが、側に置いてやってください』

「置いてやってだなんて、私が申し訳なく感じているくらいで」

ふと、時計が目の端に映った。

あまりに通話が長くなるとホームズさんに迷惑がかかる。

「では、私も明日に備えて寝ます。がんばらなきゃいけないので」

『ええ、がんばってくださいね』

お休みなさい、とホームズさんは囁いて電話を切る。

ホームズさんの声を聞けて嬉しい。胸がドキドキしていた。

私はベッドに横たわり、枕に顔を押し付けるようにして目を瞑った。

［5］彼と彼女の真相

1

そうして視察を終えた私たち特待生は、企画書を纏めて提出した。

サリーに直接渡して意見をもらいたかったけれど、彼女は忙しいそうで、アシスタントを通して提出するかたちとなった。

すぐに、サリーから「ＯＫ」の返事が届き、私たちは動き出した。

『オープンまで時間もない。忙しくなるわよ。前日の夜に関係者にお披露目パーティをするようだから、気合を入れてね』

展示場となるビルの最上階ホールで、慶子さんたちアシスタントは、強い口調で言う。

私たち三人は、はい、と頷いた。

特待生に与えられるスペースは、二十平米。約十二畳だ。

自分たちで企画展示をするといっても、学園祭での出し物とはわけが違う。

作業は、企画書を基にすべて専門のプロが行うのだ。もちろん、イメージと違うものになっては困るので、現場を監督し、指示をしていく。

作品が運び込まれ、設計図通り、展示が作られていく。後は自分たちで整えていくだけになったのだが、ここからがなかなか大変な作業だった。

頭で思い浮かべているものを表現するのは難しい。

三人、各々に考えや思いがある。そのため、それぞれが選んだ分野の展示は、その人の意見に従うということにした。

美大生も加わって、一日中ホールに詰めて作業をする。

そうしていると、次第に何が良いのか分からなくなってくる。

ある程度できたところで、休憩にしよう、と三人は作業をやめた。

『私、外の空気を吸ってくる』

『私は一階のカフェに行ってくる』

アメリとクロエはそう言って、ホールから出て行った。

一人残った私は、自分たちの展示を眺めて、うーん、と唸る。

「葵さん、折れそうなくらい首を捻ってるけど、どうしたの？」

視線を移すと、利休くんがコーヒーを両手に持って笑っている。

「素敵なんだけど、なんていうか……」

「インパクトに欠ける、って思ってる？」

利休くんは私にコーヒーを手渡して、パイプ椅子に座った。

うん、と頷いて、私も椅子に腰を下ろす。

「自分でも悪くないと思う。ただ、もう少し、目を惹き付けるものが欲しいなって」

「まー、たしかに。何かもう一つ欲しいよね」

「だよね。たとえば、この前、慶子さんの車の中からマンハッタンの街を眺めていた時に見た……」

そこまで言って、私は「ああっ！」と立ち上がる。

「え、なに？」

利休くんはギョッとして顔を上げた。

「そうだ、うん、あれがいい。利休くん、お願いがあるの」

私が利休くんに詰め寄った時、

『やぁ、がんばっているね』

と、背後で声がした。

――ホプキンスだった。

『葵さん、先日は報告をありがとう』

私は彼に、電話で調査の結果を報告していた。

会員制オークションハウス『アルダリー』で、かつて篠原陽平はある作品を真作と鑑定し、サリーはそれを贋作だと訂正したことで、二人は仲違いをしたことを――。

その時、ホプキンスは私に礼だけを言って、電話を切ったのだ。

『そしてお詫《わ》びをさせてほしい』

『お詫び？』

『私が安易にお願いしたことで、君を危険なところに行かせてしまった。電話では驚きすぎて、お詫びを忘れてしまっていたんだ』

申し訳なさそうにする彼に、私は首を振った。

『それは、私が勝手にしたことです』

ホプキンスは、それでも申し訳なさそうにしながら話を続ける。

『君から話を聞いて納得したよ。私は「アルダリー」のようなところを嫌っている。ああいう場所があるから、盗難も起こると思っているからだ。私の弟子たちもそれを知っているから、言えなかったんだろう』

私は黙って相槌をうつ。

『時に葵さん、「姦通の女」という作品についての逸話は知っているかな?』

私は、はい、と答える。

『贋作師メーヘレンが、フェルメール作品だと偽ってナチスの高官に売った絵ですよね?』

『そう。当時、ナチスは世界中の宝を集めていた。まるでバブル期の日本のようにね』

その言葉に私はばつが悪い気持ちになり、肩をすくめる。

『別に悪いことじゃない。富める国が美術品を保有していくことで、美術品が護られていく。自然の摂理のようなものかもしれないね』

と、ホプキンスは笑う。

『ナチスの宝は、戦後、表と裏のマーケットに出回り、時間をかけてバブル期の日本に行きついたという話だ。だがバブルが崩壊してしまい、日本に一時的に集められた美術品は、瞬く間に海外へ渡っていったんだ』

私は何も言わずに、彼の言葉を聞いていた。

『日本のバブルが崩壊して少し経った頃、「アルダリー」にある作品が出展されたと話題になったのを私は知っている。それは、「フェルメールらしき絵画」だったそうだ。科学分析をしても、フェルメールなのか、メーヘレンなのか判別がつかなかったそうだ』

『それじゃあ、篠原さんが鑑定したのは、その作品――』

おそらく、と頷くホプキンス。

贋作の烙印《らくいん》が捺《お》されたその絵画は、当時は価値がないものに成り下がったはずだ。だけど篠原さんが、それを真作だと信じていたなら、そのまま自分が引き取る流れになっても不思議じゃない。

きっと、その問題の作品は、篠原さんのところにあるのだろう。

それから、約二十五年。

サリーは今、その作品を貸してほしいのだ。

科学分析をしてもフェルメールが描いたものかメーヘレンによるものか分からなかった作品は、『フェルメールとメーヘレン』と銘打つ展示会では、目玉となるだろう。

だが、篠原さんとしては、その作品をサリーには貸したくない。

事情がつかめた私は、納得して相槌をうつ。

私が今、思うことは一つだけだ。

『私も、その作品を観てみたいです……』

そうだねぇ、とホプキンスは腕を組む。

『そうだ。明日の午後、陽平がアートスクールで講義をするんだ。もし良かったら行ってみたらどうかな。君が参加できるよう、口添えしておくよ』

そう言ったホプキンスに、私は、ええと、と展示会場に目を向けた。

もうほとんど出来上がっているし、午後から抜けても大丈夫かもしれない。

『場所はどこですか?』

『ＳｏＨｏだよ』

『ぜひ、お願いします』

場所を聞くなり、二つ返事で頷いてしまった。

私はちょうど、ＳｏＨｏに行きたいと思っていたからだ。

2

展示の準備は九割方終わり、あとはさらに良いものにすべく、各々、視察活動をしようと翌日は自由行動になった。

私は利休くんと、午前中のうちからＳｏＨｏに向かっていた。

地下鉄に揺られながら、ぼんやりと車内広告を眺めていると、ねぇ、と利休くんが声をかけてきた。

「アートスクールでの講義は午後からなんだよね? それまでＳｏＨｏを散策するつも

り？」

「ううん、また遥香さんの所に行きたいと思って」

「えっ、なんで？」

「用事があるの」

「……まさか、余計なお節介をしようとしてないよね？」

利休くんは、睨むような目を見せる。

「そんなことしないよ。お店に用があって」

「お店に？」

そんな話をしているうちに、電車は駅に着いた。

地上に出て、和傘の店へと向かう。

最初に来た時も思ったけれど、ＳｏＨｏは、街自体がアートのようだ。

巨大な黒猫のオブジェ、カラフルな看板にレトロな建物たち。

日本でよく見かけるファミリー向けファッションブランドも、この街では、まるで別の店のような外観になっている。

そんな中にある和傘専門店は、あらためて見ると、そのミスマッチさが際立っていて素敵だった。

「こんにちは」

私が店に顔を出すと、店主と遥香さんが少し驚いたようにこちらを見た。

「いらっしゃいませ、葵さん……でしたよね」

「えっと、葵さんは、お一人で？」

不思議そうに問う店主と遥香さんに、私は『いいえ、利休くんと一緒です』と答えようとして、隣に彼の姿がないことに気が付いた。

首を伸ばして確認すると、利休くんは店内に入らず、店の外で腕を組んで壁にもたれている。

「………」

どうやら、どうしても、遥香さんと顔を合わせたくないようだ。

それなのに私の身を案じて、ここまで付き合ってくれたのだろう。

私は申し訳なさから、外に利休くんがいるとは言えずに、本題に入った。

「あの、今日はお願いがありまして」

「お願い？」

不思議そうに首を傾げる二人に、私は自分が今やっていることの説明をした。

短い間だけれど、キュレーターの許で修業をしていること。

企画展示を任せられ、近代アート、アール・ヌーヴォ、ジャポニズムを融合させたものを作っていると伝えた。

「そこで和傘を演出に使えたらと思いました。まだ少し予算もあるので、何本か買わせていただきたいのですが、そんなにたくさんは買えないので、もし展示用の和傘があれば、お借りできたらとも思いまして……」

このことは、クロエとアメリの了承を得ている。

私の話を聞いた店主と遥香さんは、無言で顔を見合わせた。次の瞬間、みるみる顔を明るくさせていく。

「う、嬉しいです、葵さん」

「ええ、嬉しいですよ。ぜひぜひ、うちの和傘を使ってください」

「そうそう、宣伝になると思うし、ここにあるの、どれでも選んでください」

「ここにないのも出します。桜柄とか、奥にしまっているので」

矢継ぎ早にそう言う二人に、私も頬が緩む。

「ありがとうございます。いろいろ見せていただけますか？」

遥香さんは、はいっ、と頷いて、分厚いパンフレットを持ってきた。

私は遥香さんと並んで、パンフレットを見ていく。

桜、紫陽花、紅葉、唐草、蛇の目と、どの柄も素敵で、ため息が出る。

どこに、どんな柄の傘を展示するかを頭の中でシミュレーションしながらパンフレットに付箋《ふせん》を貼っていると、

「利休の彼女さんが、葵さんのような人で良かったです」

と、遥香さんが小声で洩らした。

私が、えっ、と顔を向けると、遥香さんは微笑んではいるけれど、頬は紅潮していて目には涙が浮かんでいた。

「や、その、私は利休と幼馴染みで、大昔、結婚の約束をしちゃうようなくらい近しくて、側にいることが多かったから、よくカップルに間違えられたんです。けど、間違えられたあとには必ず、『釣り合わない』『なんであんな男女《おとこおんな》と』って言われていました。だから利休に申し訳ないな、ってずっと思ってたんです」

遥香さんは、目に浮かんでいる涙を誤魔化《ごまか》すように笑う。

「利休は昔から女の子に人気があるのに、彼女らしい彼女を作ってなかったんです。実は初めてなんですよ、彼女を紹介されたのは。私はずっと、利休はどんな子とくっつくんだろう？　って考えていたんです。もし彼女ができたら、その人はきっと私を嫌うだろうなとも思っていて……だって彼氏の幼馴染みって、ウザい存在じゃないですか。でも葵さん

はそんなことなくて、とても素敵な人だから、ホッとしたっていうか……」

早口で話す彼女に、私は、あの、と遥香さんの方を見た。

「あ、ごめんなさい、こんなこと。結婚の約束をしたなんて話は嫌ですよね。それは本当に子どもの頃の戯言で」

「遥香さん！」

私は声を張り上げて、彼女の話を遮《さえぎ》った。

彼女は、私が何を言うのか、怯《おび》えたような目でこちらを見る。

「私は、利休くんの彼女じゃないです」

えっ、と遥香さんは目を瞬かせる。

「でも、あの時、利休は、『カノジョ』って……」

「えっと、私はその、利休くんじゃなくてホームズさん……清貴さんとお付き合いさせていただいて……」

照れくささから、頬が熱くなる。もじもじしながら言った私に、遥香さんは動きを止めた。

くりっとした目が、さらにまんまるになっている。

一拍置いて、ええっ、と遥香さんが大きな声を上げた。

「それじゃあ、あの時はどうして、彼女って……？」

「あの時、利休くんは、『噂のカノジョ』って言っていて……」

「あっ、それって、『清兄の彼女』ってことだったんだ」

額を押さえて、遥香さんは目をぐるぐるさせている。

遥香さんの声は、外まで届いていたようで、利休くんが呆れたような顔で店内に入ってきた。

「利休……」

「ばーか」

「ばーかって」

「早とちり」

利休くんは素っ気なく言って、腕を組む。

「だって、勘違いもするよ」

「それなら、ちゃんと確認したらいいだけのことじゃん」

「そうなんだけど。そう思い込んじゃったから。でもね、利休に彼女ができたって思った時、心のどこかでホッともしてたの。利休の彼女に間違えられるたびに、申し訳なく感じていたから……」

そう言った遥香さんに、利休くんは、あー、と声を上げる。

「また、始まった。それ、面倒くさい。本当にイライラする」

「えっ」

「遥香は、誰かにカップルだと間違われるたびに、全力で否定してさ。二言目には、『私なんて利休とは釣り合わないし』とか『利休には、もっと可愛い子がお似合いだから』って、そればかり。それでいて僕が他の女の子と一緒にいるところを見たら、ショック受けてさ、毎度毎度同じパターンで、いい加減、イライラするよ」

そう吐き捨てた利休くんに、遥香さんは言葉を詰まらせて立ち尽くす。

「利休くん、ひどいよ」

「葵さんは黙ってて」

即座に言われて、私は、はい、と口を閉ざした。

「遥香はどうしたいんだよ」

遥香さんは口籠《ごも》り、目を伏せた。

私には、遥香さんの気持ちが分かる気がした。

利休くんを好きでも、自分なんて釣り合わない、と思ってしまっているから、動けないのだ。

でも、そう簡単に諦められないし、他の女の子と一緒にいるのを見るのはつらい。

「僕はさ、遥香との約束、子どもの頃の戯言だなんて思ってなかったんだけど」

えっ、と遥香さんは顔を上げて、戸惑った表情を見せる。

「僕はずっと、『大人になったら遥香と結婚するんだ』と思ってきたんだ。だから、誰かに告白されても付き合わなかったし、僕にとっての最優先は、清兄だけど、他の女の子より遥香を優先してきた。なのに遥香は逃げてばかりだ。わざわざニューヨークまで会いに来たのに、また同じことを言う。僕はどうしたらいいのかな？　遥香は、本当に僕が他の女の子と付き合えばいいと思ってるんだ？」

そう問う利休くんに、遥香さんが絶句している。

それはそうだろう。

横で聞いていた私も、少し離れたところにいる店主も驚いて言葉が出ない。

「だ、だって、利休は女の子の理想が高いじゃない？　清兄に言い寄る女の人を見ては、『あの人は駄目だ』とか『全然釣り合わない』って、いつも怒ってて」

分かる、と私は同感だった。

きっと利休くんの理想は、果てしなく高いのだろう、と思っていた。

「それは、清兄だからね。僕のこととは別だよね？」

そうなの？　と、その場にいた皆の心の声が、揃った気がした。

「僕なんて大した男じゃないよ。背は低いし、強いけど持久力はそんなにないし、顔だって女の子みたいで。僕は自分が女なら、自分を彼氏にしたいとは思わないもの。僕を好きだって言ってくれる子は、物好きだなぁ、と思ってる」

そうだったんだ、と私は呆然と思う。

あの厳しすぎるジャッジは、ホームズさんの相手だからだったのだ。

「――で、遥香自身の言葉をちゃんと聞かせてよ」

利休くんは、しっかりと遥香さんの目を見て問い、話を続ける。

「逃げたり誤魔化したり、面倒くさいのはもう嫌だからね」

利休くんは、目を逸らさずに訊ねる。遥香さんは利休くんの顔を直視できないようで目を伏せた。

「……ずっと、好きだったよ、子どもの頃から。今だって変わらない。同じ中学に行きたかったけど、私は中学受験に失敗してしまったから。がんばって同じ高校に行きたいって、死に物狂いで勉強したの。もし受かったら告白しようと思ってた。で、合格できて、利休のところに行った時、『美少年とサル』って周りに言われて……」

遥香さんはポロポロと涙を零す。

「ったく、遥香も、葵さんくらいの根性を持ってほしいよ」

私？　と私は自分を指差す。

「葵さんは、僕がさんざん『あなたなんて釣り合わない』って虐《いじ》め尽くしても、飄々《ひょうひょう》としてたんだから」

「…………」

私は何も言わずに苦笑する。

そうは言うけれど、別に飄々としていたわけではなく、利休くんに『釣り合わない』と言われても、『そうだよね』と納得していただけのことだ。

私が一番、釣り合わないと思っていたからだ。

あの頃、ホームズさんは、とても遠い存在だった。

「僕はさ、僕と遥香が釣り合わないなんて思ったことない。けど、もし釣り合わないって言う人がいたとしても、男女の仲って釣り合いじゃないんだよね。それは清兄と葵さんを見ていて思った」

遥香さんは、ぐっ、と目を瞑る。

「──利休が、好き」

勇気を振り絞るようにしてそう言った遥香さんに、利休くんは小さく笑って歩み寄り、ギュッとその体を抱き締めた。

「知ってるけどね。よくできました」

泣きじゃくる遥香さんの頭を撫でて、利休くんは微笑む。

私と店主は、一歩離れたところで、二人の姿を微笑ましく見守っていた。

3

午後から篠原陽平の講義を受けるため、私と利休くんは、ＳｏＨｏのアートスクールに来ていた。

ホプキンスがちゃんと話を通してくれていて、受付で名前を言うとすんなりと教室に入ることができた。

教室は、予備校のような雰囲気だ。白い長机が並び、前にホワイトボードがある。

すでに学生は着席していて、私たちは一番後ろの席に座った。

「やっぱり、アメリカは人種の坩堝《るつぼ》だよね」

利休くんは、生徒たちを眺めながら、しみじみとつぶやいた。

私は、うん、と頷く。

「いろんな人がいるから、それが当たり前になるんだろうね」

たとえば日本で、派手なタトゥーをした外国人を見たら思わず構えてしまう。

だけど、このニューヨークで同じ人を見ても、特に何も思わない。派手なタトゥーの人がいるのも当たり前で、なんら気にすることでもなくなっているのだ。

日本にはやはり、島国ならではの閉鎖された感覚があるのだろう。

それが良い悪いではなく、日本はそれだけ小さな国で、護らなければ自国の良さを保てなかったとも考えられる。

日本特有の性質は、とても強い白血球のようなものなのかもしれない。

そうして、必死に護ってきたものが、今の日本、特に京都には強く残っている。

四季の儚くも繊細な美しさを堪能する心。

侘び寂び——。

……こうして外に出ることで、分かる感覚があるものだ。

やがて教室に篠原さんが姿を現わし、挨拶をして、講義を始めた。

パワーポイントなどを使って、世界各国の美術館やアートギャラリーのこと、これまでのアートの遷《うつ》り変わりについて話していく。

それはとても興味深く、とても勉強になった。

また、彼は自分のことについても話した。

父親が大きな会社の重役で、アメリカで育ったこと。

両親は美術収集家で、その影響もあり、自分もアートに興味を持ったこと。

だが、バブルが崩壊して会社は倒産し、これまで当たり前にあったすべてが失われたこと。そこから這い上がるまで、どれだけ大変だったか。今貧しい人たちも、ぜひがんばってほしい、と話していた。

授業が終わり、学生たちは篠原さんに挨拶をしながら教室を出て行った。

やがて教室には、私と利休くん、そして篠原さんだけになった。

彼もこの時を待っていたかのように、私たちの方を向いた。

「ホプキンスに、君が俺の授業を受けたいと言っているから、と頼まれた時は驚いたよ。君はホプキンスと知り合いだったんだ？」

篠原さんは、教壇の資料を纏めながら訊ねる。

「私ではなく、私の師匠が彼と交流がありまして……」

私はそっと彼の許に歩み寄った。

「へぇ、師匠って？」

「家頭清貴さんです」

篠原さんは、ああ、と笑う。

「誠司さんのところの優秀でハンサムなお孫さんだよね……。彼が師匠なんだ。師匠というより、彼氏なんじゃないの？」

茶化すように言う彼に、私は正直に「はい」と頷く。

するとすぐに、うんざりした表情に変わった。

「そういうことで、ホプキンスにつながったわけだ」

女性はいいね、とでも言いたげな彼に、私の口内に苦いものが込み上げる。

アメリは『篠原陽平が、そんなことを言うなんて信じられない』と言っていたけれど、彼の中にそうした想いがあるのが伝わってきた。

「篠原さんが、サリーに『この世界に女性なんていらない』って言ったんですよね？」

そう問うと、彼は手を止めた。

「どうしてそんなことを言ったんですか？」

私が質問を続けると、彼は乾いた笑いを浮かべる。

「言葉が抜けてるし、少し違うよ。『実力もないのに、色仕掛けで仕事を成功させようとする。もう、うんざりだ。この世界にそんな女性はいらない』って言ったんだ」

篠原さんは、ホワイトボードを消しながらそう言った。

「サリーが、色仕掛けをしたんですか？」

「いや、サリーのチーフアシスタントが、色仕掛けで俺にある話を持ち掛けてきたんだ。俺は、サリーに会った時に非難したんだよ。サリーは、自分はそんなことをしろなんて指示してない、って反論したよ。その時に『セレブとの交際に懸命で、アシスタントをただの駒としか見ず、若いキュレーターを育てる気もない。そんな指導者は老害なだけだ』とも言ったんだ。それで、サリーは自棄《やけ》になって特待生なんて制度を作ったんだろう」

ははっ、篠原さんは笑う。

ある話、というのは、きっとあの絵画を貸してほしいということだろう。

サリーはチーフに、『篠原陽平が持っている作品をどうしても展示したいから、なんとしてでも手に入れるように』と指示を出した。

チーフも最初は普通にお願いしていたのだろうけど、彼は頑として譲らず、どうしようもなくなって色仕掛けという手段に出たのかもしれない。

また、サリーはその時に篠原さんに言われた言葉がショックで、『自分だって後任を育てる意志はある』と勢いで特待生制度を作ったということだ。

私はこれまでの流れを理解して、頷いた。

「で、サリーは、今度は君を寄越したわけだ?」

と、篠原さんは、私に視線を送る。

「ここへは自分の意志で来ました。展示のお願いではなくて、どうしても観たいと思ったんです」

「何を?」

「あなたが持っている、フェルメールかもしれない作品です」

そう言うと彼は、驚いたように目を見開いた。

「どうしてそれを……」

「ホプキンス氏に頼まれたんです。自分の弟子たちが仲違いしているのがつらい。せめて、その原因を知りたいと。それで私は調査をしました。あなたは二十五年前、『アルダリー』で、フェルメールかもしれない作品を鑑定した。あなたが真作と鑑定したものを、サリーは贋作と言ったんですよね?」

そう話すと、彼は顔を歪ませるように笑った。

「ああ、よく調べたね」

「篠原さんは、今もその作品を真作だと思っていますか?」

私が問うと、彼は、ふっ、と笑って頷く。

「そうだね。思っているよ」

「私も、観てみたいんです。サリーは関係ないです。純粋に」

私は篠原さんの目を見たまま、そう言った。

篠原さんは大きく息をついて、私を見詰め返した。

「実力もないのに、彼氏の恩恵でここまで来た子じゃなければ、見せてやってもいいよ」

そう言われて、私は、そうですか、と目を伏せる。

壁際にいた利休くんが反論しようとしたけど、私は首を振って阻止した。

先日、サリーの試験の時に、慶子さんが私を褒めてくれた。今もホームズさんの弟子であることを踏まえて、『さすが、清貴よね』と。

あの時は、自分のすべてがホームズさんに与えられたものでしかない気がして、苦々しい気持ちになってしまった。

だけど、今なら分かる。

ホームズさんに教わったから、私はここにいるんだ。

「私は彼に会うまで、美術品のなんたるかも分からない人間でした。彼がいたから、多くの美術品に触れることができて、その美しさを知ることができました。彼はさまざまなところに私を連れて行ってくれて、彼を通してたくさんの人に会わせてもらうことができました。だから、ここにいるのは、彼のお陰です。彼の恩恵でここまで来ました」

もう観せてもらうことは諦めて、私は頭を下げた。

「ちょっと待って」

と、彼は照明を落としてノートパソコンを起動し、パワーポイントを作動させた。

そこに映されたのは、壺。中国の陶磁器が二つ並んでいる。

「この前の授業で使ったんだ。どちらも中国の染付だ。この二つの壺の時代は分かる？」

どちらも白い磁器に、青い花が全体に描かれていた。

私は、ジッと画像を見る。

「右が明《みん》で、左が元《げん》です」と私が答えると、「即答だね」と彼は笑った。

「画像なので、難しいかと思ったんですが、教材として分かりやすい作品だったので」

元時代（十三世紀）と明時代（十四世紀）の染付の違いは難しい。見分けるポイントはいくつかあるのだが、大きくは文様の様式と全体から受ける雰囲気だ。

元時代の作品は、絵が堅く鋭角的で、線が細いながらも、力強く緻密に描かれているものが多い。

明時代の作品はやや線が太くて柔らかく、余白が多めであり、洗練されて瀟洒な雰囲気でもある。

とはいえ、もちろん例外もある。実際には、言葉では説明できない部分も多い。何度も観て、感覚で受け取るしかないとホームズさんが話していた。

「…………」

篠原さんは、マウスをクリックした。

次に表示されたのは、取っ手と蓋が付いた壺だ。規格化されたように正確につながった雷文《らいもん》、まるで刺繍のように緻密な花や茎。シンメトリックで描いた一分の隙もない図案。蓋の天辺《てっぺん》には獅子の姿があった。

「素敵。清《しん》の官窯《かんよう》の染付ですね」

私が熱っぽく言うと、彼は少し嬉しそうに頬を緩ませた。

次にガラス製の赤土色の花瓶が映し出された。

まるで、神話の世界を思わせる装飾がなされている。

「……ごめんなさい。分からないです」

「フランスのデザイナー、ルネ・ラリックの作品だよ」

「ガラスはあまり観て来なかったので、よく分からなくて」

「ガラスも素晴らしいから、これから観ていくといい」

「はい。ガラスも美しくて好きなので、勉強していきたいです」

私がそう言った次の瞬間、絵画が現われた。

それは、フェルメールらしき作品だった。

フェルメールの『青衣の女』やメーヘレンの『楽譜を読む女』に登場する、あの女性が描かれた絵画だ。

『楽譜を読む女』とほぼ同じ構図で椅子に座っているのだが、机の上で両手を組み合わせて、窓から差し込む光を受けるように顔を上げている。

その光の雰囲気で、私はこの絵はフェルメール本人が描いたものではないかと思った。

だが、『楽譜を読む女』のタッチと同じで、あの絵の続きにも見える。

メーヘレンは、この絵を基に『楽譜を読む女』を描いたのだろうか？

いや、でも、と私は息を呑んだ。

「君はどう思う？」

問われて、私はすぐに返事をできなかった。

「……分からないです」

ややあって、私はそう言った。

これがフェルメールなのか、メーヘレンなのか、私には判別がつかなかった。

そうか、と篠原さんは自嘲気味に笑う。

「俺は本物だと今も信じている。実際、本物でもおかしくない作品だ。きっと、サリーもそう感じたはずなんだ」

そこまで言って、篠原さんは苦い表情を浮かべる。

彼はサリーが贋作と鑑定したのに、今も納得がいっていないようだ。

邪魔をされたと思っているかもしれない。

「篠原さん、この絵を観て、もしかしたら、と思ったんですが……」

うん？　と篠原さんは私に視線を向ける。

「サリーは、あなたを妨害したのではなくて、あなたを護ったんじゃないでしょうか？」

私がそう言うと、彼は虚を衝《つ》かれたように目を見開いた。

「――えっ？」

篠原さんは顔を引きつらせて、私を見下ろした。

「どういうことかな？」

「もし、そうだとするなら、その理由は、篠原さんが一番よく分かっていることだと思います」

私がそう言うと、彼は絶句した。

ややあって、口に手を当てる。

どうやら、これまで露ほども思っていなかったようだ。

サリーが贋作と鑑定したのは、自分を護ろうとしていたからなどと――。

その可能性に触れて、大きな衝撃を受けていることが伝わってきた。

私は、もうこの場にいない方がいいだろう。

ありがとうございました、と頭を下げて、私と利休くんは教室を出た。


通路の窓から、夕陽が差し込んでいる。

私と利休くんは、のんびりした足取りで通路を歩いていた。

「あのさ、葵さん」

背後で利休くんが口を開き、私は「うん？」と振り返る。

「母さんに聞いたんだけど、留学したいって気持ちがあるんだって？」

ずばり問われて私の心臓が強く音を立てた。

返事に困って、何も言えずにいると、

「もし、そうしたいなら、清兄の説得は協力するよ？」

利休くんがどうしてそんなことを言うのか、意図が分からず、私は戸惑った。

だが、ふと、利休くんが遥香さんに伝えていた言葉を思い出し、私は小さく笑った。

「私とホームズさんは釣り合わないから、離れた方がいいということで？」

すると利休くんは、そんなんじゃないよ、と口を尖らせる。

「清兄と葵さんを見ていて思ったのは、最初は釣り合わないように見えた二人でも、一緒にいればお似合いになるものなんだってこと」

素っ気なく言う利休くんに、私はぱちりと目を見開いた。

「葵さんは独身なんだしさ、自由に動けるうちに動いた方がいいよ。うちの母さんを見てたら、なんか申し訳ないなぁ、って思うからさ。きっと僕がいなかったら、若い時に世界を飛び回って、もっと活躍していた気がするんだよね。清兄と離れることで駄目になる関係なら、その程度のものじゃん？」

私は曖昧に相槌をうって、窓の外に目を向ける。

オレンジ色の空の中、マンハッタンのビル群が浮かび上がっていた。

[6] サプライズ

1

特待生による準備も終わり、展示会はいよいよ翌日のオープンを待つだけになった。

オープン前日の夜、関係者を招いたプレオープンパーティが開かれていた。

会場は、展示会場のホール。

パーティといっても食事らしい食事はなく、シャンパンやワインなどのドリンク、それに合わせたおつまみが振る舞われる程度のもの。

あくまで、関係者たちに、先行で展示会を楽しんでもらうイベントだ。

美大生やゲストたちは満足している様子だが、サリーのアシスタント——藤原慶子は、忙しさに目を回していた。

『ああ、もう！　あの子たちは、どこに行ったの？』

主役の、特待生三人の姿が見えない。

『そして、サリーはまだなの？』

慶子は、時計に目を向けてつぶやいた。

サリーは本腰を入れているフェルメール展の展示が忙しく、学生たちの展示の方は、ほぼノータッチだった。

特待生が出した企画書に目を通して、『いいんじゃないかしら』と言ったきり、会場には一度も顔を出していない。

しかし、このプレオープンパーティに顔を出さなくては、主催者側に示しがつかない。

サリーも特待生もいないプレオープンパーティなんて、花嫁のいない結婚式のようなものだ。

慶子はゲストたちをかき分けるようにして、葵、アメリ、クロエの姿を探した。

会場には、利休の姿があった。

これまで、ユニセックスなスタイルをしていた彼だけど、今日は少し長めの髪を後ろで一つに結んでいて、スーツを着ている。

これまでとは打って変わって凛々しい美青年だ。

「カッコいいじゃない。利休くんがそういう格好をすると、一気に男前ね」

慶子がそう言うと、ありがと、と利休は笑う。

彼の隣には母親の好江と、もう一人、ワンピースを着たショートカットの女の子がいた。目がとても澄んでいる快活そうな印象だ。よく見ると二人は手をつないでいる。

「驚いた、彼女？」

「うん、そう。遥香っていうんだ」

堂々と答える利休の隣で、彼女は気恥ずかしそうに頭を下げる。

「一ノ瀬遥香です。このたびは、うちの和傘を使っていただいて……」

「ああ、あの子たちが展示に使った和傘屋さんの……」

そこまで言って慶子は、ハッ、と目を見開いた。

「そうそう、利休くん、あの子たちは一体どこに？　ここに連れて来たはずなのに、姿が見えないの」

利休は、ああ、と腰に手を当てた。

「会場に入ってすぐに、アメリが『緊張で吐きそう』とか言い出して、二人が付き添っていってたけど。控室にいるんじゃないかな」

三人は、短い期間だが、ベストを尽くした。

当人たちも、『できることはやった』と言っていたのだが、いざゲストに見てもらうとなると、耐えがたい緊張を覚えたようだ。

迎えに行こうとした時、サリーとチーフが連れ立ってホールに姿を現わした。

慶子は、ああ、と声を上げ、

「利休くん、悪いけど、特待生たちを呼んできて！」

そう言うと、あたふたしながら、サリーの許に向かった。

『サリー、お待ちしていました』

『お疲れ様。特待生は？』

サリーは、いつものように歩きながら素っ気なく訊ねる。

『今、来ます。ところで、フェルメールの方は？』

『まぁ、できることはやったわ。どうしても展示したい作品があったけど、それは難しいようだし……。で、あの子たちの企画展示はどこかしら？』

サリーは、目だけで会場をぐるりと見回す。

こちらです、と慶子は誘導する。

『特待生の企画書、悪くなかったわ。あなたが作ったの？』

『いえ、あの子たちだけで……。私たちアシスタントはタッチしていません』

あらそう、とサリーは言う。

サリーにとって、特待生はただの広告塔であり、期待をかけていないのが伝わってくる。

三人の奮闘を側で見てきたのもあり、慶子の中に悔しさが湧いてきた。

とりあえず、展示を見てもらおう。

慶子は、特待生の企画展示の前で、足を止めた。

2

慶子さんが、サリーを迎えていた頃――。

私たち特待生は、控室でうな垂れていた。

直前まで『大丈夫、素敵なものができた』と自信を持っていたというのに、いざゲストに観てもらうとなると、急に怖気《おじけ》づいたのだ。

吐きそう、と言ったアメリを介抱して控室で休んでいるうちに、そのまま根が張ったように動けなくなってしまった。

『そろそろ、行かないと……』

そう言った私に、アメリが『分かってる』と口を尖らせる。

クロエが大きく息をついて、背もたれに体重をかけた。

『アメリの気持ち、分かるわ。私たちは、「サリーが選んだ特待生」ってことで、ハードルが上がってるわよね。今頃、ゲストたちはとても厳しい目でジャッジしてるわ』

ぽつりと零したクロエに、私は、『わっ、そんなことを言ったら、またアメリの気分が悪くなっちゃう』と目を泳がせる。

案の定、アメリは真っ青な顔で、口に手を当てた。

『ごめん、あとちょっとだけ』

そう言ったアメリに、私とクロエは黙り込み、その場に沈黙が訪れた。

その時、ノックの音と同時に、利休くんの声が聞こえてくる。

『みんな、慶子さんが呼んでるよ。サリーが来たみたい』

サリーの名を耳にするなり、私たちは体に電流が走ったように、勢いよく立ち上がった。

覚悟を決めよう。

私は、気持ちを入れ替えようと表情を正して、控室を出る。

足早に訪れた展示会場のホールは、すでにゲストで賑わっていた。

『すべて、美大生の作品ですって』

『若々しい感性が素敵ね』

ゲストたちはドリンクを片手に、作品を楽しんでいる。

主に、美大生や主催者企業の関係者が多いようだ。

皆の顔が嬉しそうで、少しホッとしながら自分たちの企画展示の場所に向かった。

『わっ、人だかり』

そう言ったのは、アメリだ。

私たちの企画展示会場には、他と比べてゲストが多かった。

ちょうどサリーが展示を観終わったようで、私たちは緊張に顔を強張らせながら一列に並んだ。

サリーは私たちの前に来て、足を止めた。

『私が目を掛けている美大生の中で、特に注目していた学生作家の三人の作品がピックアップされていたわ。私はきっと、あなたたちは、その三人のうち、一人の作家を選ぶかもしれないと思っていた。だけど、まさか、三人とも展示するなんて』

サリーは、ふふっ、と笑い、振り返って展示に目を向ける。

『現代アート、アール・ヌーヴォ、ジャポニズム。一見まるで違うジャンルだけど、互いに影響し合って、つながっている。それが見事に表現されていたわ。そして良かったのは和傘ね』

そう、私たちは展示を引き立てる小道具として、遥香さんのお父さんのお店の和傘を使用した。

まず、和傘の柄《え》を外して床に置き、来場者を迎えるフットライトにし、さらに天井から吊るしてペンダントライトにした。

慶子さんの運転する車の中から、仄かに照らされる和傘の店を見たことで、最近、京都の店で和傘を使った照明があったのを思い出し、取り入れることにしたのだ。

また、和傘を壁に貼り付けて、その柄で四季を表わす小道具にも使用した。

『一歩入ると別世界という感じがして、ワクワクするとゲストたちが喜んでいたわ。そして、良い薫りもしたようだけど……』

はい、と私が頷いた。

『ちょうど、日本から良い薫りのするお香を持ってきていたので、焚《た》いていました』

このお香は、私がサリーへのお土産にと持ってきたものの渡しそびれてしまったものだ。

ふと展示に使用するのを思いつき、使うことにした。

そう、とサリーは頷く。

『正直言って、ここまで良いものを作ってくれるとは思ってなかった』

サリーは展示を眺めて、ふっ、と頬を緩ませる。

『ゲストはもちろん、主催者も本当に喜んでくれているわ。私も素敵な刺激をもらったわ。

良い仕事をしてくれて、ありがとう』

そう言ってサリーは、にこりと微笑んだ。

私たちの目に涙が滲む。

短い間だったが、短い時間だったからこそ、全力投球だった。

ようやくやり終えた、という気持ちが沸き出てくる。

展示の仕事は、作るまでではなく、人に観せてこそだということをこの時、実感した。

嬉しさが込み上げてきて、わっ、と三人で抱き合う。

そのまま私たちは、展示した作品の学生作家の許に行って、あらためて礼を伝えた。

『お礼を言うのは、ボクたちの方だよ』

『ええ、作品がとても際立ってて素敵』

『こんなに素敵な展示をしてくれてありがとう』

美大生たちは、満面の笑みでそう答えてくれた。

その様子を見ていたゲストたちは、美大生や私たち特待生を労《ねぎら》って、惜しみない拍手をしてくれた。

会場は、温かな雰囲気に包まれる。

――だが、次の瞬間、場が一変した。

篠原陽平が、会場に現われたのだ。

サリーと彼が犬猿の仲であるのは、周知の事実であり、それまでにこやかに笑っていたアシスタントやゲストたちは、口を噤《つぐ》んで息を呑む。

会場の空気は張り詰め、サリーも突然現われた篠原さんの姿に、驚いたように立ち尽くしている。

篠原さんは、サリーの前で立ち止まり、そっと視線を合わせた。

「サリー、俺の質問に答えてほしい。正直に」

彼は日本語でそう訊ねた。

その場にいる多くの者は、日本語が分からないようで顔を見合わせている。

「ええ、いいわ」

と、サリーも日本語で答えた。

「君はチーフアシスタントにどんな指示を出したんだ？」

「……『篠原陽平から例の絵を借りてくるように』と伝えたわ」

サリーの日本語は、外国人特有のイントネーションだが、とても上手だ。

「それだけ？」

「『なんとしても』と言ったのと、『彼は情に脆《もろ》い』とも伝えた。それだけよ」

そうか、と篠原さんは息をつく。

「もうひとつ訊きたい。君は、あの絵の元々の持ち主が俺だということを知っていたのか?」

そう問うた篠原さんに、サリーは言葉を詰まらせた。

彼は、先日の私の言葉を受けて、たしかめたくなったのだろう。

私は、あのフェルメールらしき絵画を前にした時、ふと疑問に思ったのだ。

なぜ、この作品が正規のオークションハウスではなく、『アルダリー』に持ち込まれたんだろう、と。

可能性は、二つ考えられた。

盗品か、それとも持ち主がわざわざ『アルダリー』に出品したか。

後者だとしたら、闇オークションハウスに出品する事情があったということだ。

たとえば、匿名で絵を売りたかったと仮定する。

——となると、フェルメールかもしれない絵は、美術収集家だった篠原さんの父親が持っていた可能性がある。

つまり、篠原さんの家にあった絵ということだ。

日本のバブル経済が崩壊して、篠原さんの父親の会社が倒産した。

その時、彼は、すべてを失ったという話だ。

間違いなく、どうしてもお金が必要だっただろう。

フェルメールかもしれない絵画を『アルダリー』に匿名で出品し、自らが覆面鑑定士となって鑑定したのだ。

あの絵がフェルメールの真作と決定付けられたら、何億、いや何十億という値段で売れるだろう。

その大金が、篠原さんの許に入るはずだった。

だが、サリーが贋作と言い放ったことで、彼の計画は崩れてしまう。

篠原さんは、サリーを恨んだだろう。

自分の才能に嫉妬し、妨害したと思ったかも知れない。

しかし、彼の自作自演は、いつか露見する可能性は大いにある。裏社会でそんな小細工をして大金を手に入れたりしたら、彼の身に何が起こるか分からない。なので、サリーは篠原さんを護りたくて、彼の計画を阻止したのではないか、と私は思ったのだ。

ややあって、サリーは、まるで泣き出しそうな笑顔で、「ええ」と頷いた。

「……どうやって、そのことを知ったんだ？　あの絵は父が密かに持っていた宝で誰も知らないことだったし、俺も露見しないよう、細心の注意を払ったんだ」

「覚えてない？　かつて、あなたが話してくれたのよ。出会って間もない頃、『うちには、フェルメールかもしれない絵があるんだよ。自分は本物だって信じている。君にもいつか観てもらいたい』って……」

そう言ったサリーに、篠原さんは額に手を当てて、

「俺はそんなことを言ってたんだ……」

覚えてなかった、と自嘲気味に笑う。

「そんなことも忘れて、俺は長い間、君に妨害されたと逆恨みし続けていた。君は、俺を心配してくれていただけなのに……」

サリーは、戸惑ったような目で彼を見ている。

「すまなかった」

と、篠原さんは、サリーに頭を下げた。

彼女は立ち尽くしたままで、何も言わない。

『そして、あの作品だけど、ぜひ、君の手掛ける展示会で飾ってほしい。きっと、どんな企画の展示会よりも、あの作品に相応しいと思う』

今度は、英語でそう言った篠原さんに、アシスタントたちが目を丸くした。

これまで、どんな手を使っても、彼は絵画を貸し出そうとしなかったのだ。

一体何が起こったのだろう、と顔を見合わせている。

サリーは、涙を浮かべた。

「ありがとう、陽平――」

二人は、しっかりと握手をする。

様子を窺っていた皆は『よく分からないけど、仲直りしたみたいで良かった』と安堵の表情を浮かべて、拍手をした。

いつの間にか会場に来ていたホプキンスも、嬉しそうに手を叩いている。

そんな彼は私の許に歩み寄り、

『ありがとう、葵さん。君は本当に奇跡を起こしてくれた。清貴の言う通り、女神で天使だね』

そう言っていたずらっぽく微笑んで、ウインクをした。

私は頬が熱くなるのを感じながら、『やめてください』と首を振った。

その後の会場は、とてもなごやかな雰囲気だった。

ゲストは作品を観たり、談笑をしたり、お酒を飲んだりと思い思いに過ごしている。

展示作品と同じくらい和傘も好評で、作品説明に記された店名と連絡先を確認し、行動の早いゲストは、『和傘～WAGASA～』に問い合わせの電話をしていた。

「店で留守番しているお父さん、きっと泣いて喜んでると思う。葵さん、本当にありがとうございました」

心底嬉しそうに頭を下げた遥香さんに、私は首を振って礼を言った。

「こちらこそ、和傘のお陰で展示がグッと良くなったんです。その上、遥香さんにはいろいろ、手伝ってもらって……本当にありがとうございました」

「そんな、葵さん。本当にこちらこそです。そして私のことは遥香さんじゃなくて、遥香って呼んでもらえたら」

「えっ、ええと、それじゃあ、遥香ちゃん」

「えへへ、嬉しいです」

そんな話をしていると、私の許にサリーがやって来たので、遥香ちゃんはそそくさとその場を離れた。私は彼女の方を向いて、会釈をする。

「葵、あなたが、陽平に話してくれたそうね」

サリーは日本語でそう言う。

私が曖昧に頷くと、サリーは、篠原さんの方に視線を向けた。

「まさか、彼と和解できる日が来るとは思わなかったわ。本当にありがとう」

いえ、と私は首を振った。

二人が和解できたのは、たまたまであり、お礼を言われるほどのことをした覚えはなかった。

彼女は、ふふっ、と笑う。

「あなたは、決して出しゃばらず、謙虚で真面目で勤勉。とても日本人らしい子ね。私、そんな日本人が大好きなのよ」

言われてみれば、サリーは時間などにきっちりした日本人を好みそうだ。

「葵もうすぐ帰国ね。ニューヨークを満喫できたかしら?」

はい、と私は頷く。

短い期間だが、とても濃厚な時間を過ごせた。

「ただ、『MoMA』に入れなかったことが悔やまれますが」

仕方ないと割り切っているけれど、やはり改装工事中と知った時はショックだった。

サリーは、にこりと笑う。

「良かったじゃない。ニューヨークに来る課題が残されているということよ」

たしかに、ものは考えようだ。私にはニューヨークに課題を残している。

次に来た時は、必ずMoMAに行きたい。

「葵、あなたが、もしニューヨークで修業をしたいなら、いつでも歓迎よ。サポートするわよ。こっちの学校に通いながら、アシスタントを務めても良いと思う」

その言葉を近くで聞いていた好江さんが、すごいじゃない、と声を上げた。

慶子さんも、その隣でガッツポーズをしている。

「――あ、ありがとうございます」

その申し出は本当に胸が熱くなるほど、ありがたく、私は深く頭を下げた。

3

サリーとの話を終えたあと、好江さんが「お疲れ様」とやって来て、私にシャンパングラスを手渡した。

「――マンハッタンに着いた夜、サリーに気に入ってもらえたら留学もできるかも、なんて話していたけど、まさか本当にそんな申し出があるなんて、すごいわね」

好江さんはシャンパンを口に運びながら、しみじみとつぶやく。

私は恐縮して、身を縮めた。

「たまたま、篠原さんとの和解に貢献できたのが大きかったようで……」

このことでサリーは、どうしても展示したかった作品の確保ができたのだ。

「なんであれ、素晴らしいわよ。それにしても今回の仕事は、葵ちゃんにとって、とても楽しくて勉強になったみたいね。葵ちゃんの顔がキラキラしてる」

キラキラ？　と私は頰に手を当てた。

「ええ。ここ最近の葵ちゃん、ちょっと浮かない顔をしていたから、実は心配していたの」

好江さんに見抜かれていたんだ、と私は目を伏せる。

「……はい、実はモヤモヤしてたんです」

「悩んでることでもあった？」

「悩み……というよりも、恥ずかしい話なんですが、私――ホームズさんの才能に嫉妬していたんです」

気恥ずかしさに、私は小声でつぶやいた。

このことを口にできたのは、初めてだった。

好江さんだから話せた、というよりも、少し気持ちの整理がついたのだろう。

今なら、香織にも同じように伝えられる。

好江さんは、そうだったの、と微笑ましそうに相槌をうつ。

「清貴にそういう感情を抱くようになったのは、最近なのね？」

「——はい」

「おめでとう、葵ちゃん」

「えっ？」

なぜ、『おめでとう』なのか分からず、私はぽかんとして好江さんを見た。

「それだけ、あなたは清貴に近くなったということよ。人はね、遠すぎる相手には嫉妬しないの。嫉妬できるくらい、あなたは清貴に近付いた。葵ちゃんは成長したのよ」

その言葉は、胸にずどんと響いた。

そうかもしれない。

以前は、ただホームズさんに憧れているだけだった。

遠い遠い背中を、少しでも近付けたら、と追っていた。

その背中が見えてきたから、私は悔しかったり、焦ったりしていたんだ。

「……そうなのかもしれません。自分にまったく自信がなくなっていたのもあって、その嫉妬心をこじらせていたんです」

「今はどう？」

「今回のことで変わりました。彼のいないところで、彼のアドバイスなく、仲間とひとつの仕事ができて、クライアントに喜んでもらえた。それは、私にとって大きな自信になった気がします。だから、以前のようなモヤモヤがなくなってて……今思うのは、この展示をホームズさんに観てもらいたかった、ということでしょうか」

私は小さく笑って、自分たちの企画展示に目を向ける。

「きっと、清貴も観たかったと思うわよ、ほら」

好江さんは、そう言って企画展示に目を向けた。

今もゲストで賑わっていた。

そこに、黒っぽいスーツを着た青年の姿があった。艶やかな黒髪、白めの肌、スマートなスタイル。

「……？」

私は思わず目を凝《こ》らして、その姿を確認する。

もしかして、まさか、と息を呑む。

その彼は、展示を観終えたようで、会場を出て私の方に向かってきた。

どうして、と頭が混乱する。

だって、彼は今、上海にいるはずなのだ。

「葵さん」

彼はにこやかに目を細めて、手を振った。

好江さんが、すっ、と私の許から離れる。

間違いなく、ホームズさんだ。

私は呆然としながら、彼を見上げる。

何も言えず、ただ惚《ほう》けたように口を開いていた。

「驚かせてしまいましたね。どうしてもあなたの展示を観たかったので、仕事を片付けてから、こっちに飛んで来てしまったんです」

ええっ、と私は思わず声を上げげた。

「いつ、こっちに？」

「昨夜、上海空港を出て、今日の午前中到着しました。しっかり仮眠を取って、今ここに」

ホームズさんは、胸に手を当てて言う。

私は驚きすぎて、リアクションを取れない。

「葵さん」

「はい」

「抱き締めても――」

ホームズさんの言葉が終わらないうちに、私の方から抱き着いてしまった。

彼が驚いているのは分かったけれど、衝動に突き動かされていた。

僅《わず》かな期間だというのに、とても長い間、会っていなかったようだ。

ホームズさんは、すぐに私を抱き留めてくれる。

「──あなたが、無事で良かった」

彼は私を強く抱き締めながら、熱っぽくそう言った。

「無事？」

私は戸惑いながら顔を上げると、ホームズさんは、ええ、と頷く。

「異国ですからね。身を案じていたんですよ」

ホームズさんらしい、と私は口角を上げた。

「そして、あなたに怒られなくて、ホッとしました」

ホームズさんは、心底安心したように言う。

「怒るだなんて」

私は、思わず笑う。

「素敵な展示を観られて嬉しいです」

「ホームズさんに観てもらいたかったので、私も嬉しいです」

私が微笑むと、ホームズさんは、あかん、と洩らして口に手を当てた。

「えっ？」

「いえ、パーティが終わったら、デートしませんか？」

ホームズさんは、スッと手を差し出して、そう問うた。

すると側にいたサリーが、

「最後までいなくても、あなたの仕事は終わってる。どうぞどうぞ、抜けてください」

と、大袈裟に肩をすくめて、手で払うような仕草をする。

その姿に、皆は声を揃えて笑った。

私とホームズさんは顔を見合わせて頷き合い、手をつないで会場を後にした。

［7］葵の結論

1

ホームズさんが滞在しているホテルの屋上には、テラスカフェバーがあるそうだ。

マンハッタンの夜景を観ながらお酒を楽しめ、酔っても夜道を歩くことなく部屋に戻れるということで、私たちはそこで乾杯することにした。

聞くと、念のため、と部屋は二人部屋を取っているらしい。

どこまでも抜かりない。

乾杯、と私たちは、シャンパングラスを掲げる。

「そういえば、出発前もテラスで乾杯しましたよね」

「ええ。うちとこのホテルのテラスは、まるで違いますが」

と、ホームズさんは愉しげに言う。

テラスカフェバーの椅子は、すべて座り心地の良いソファーだ。

緑も多く、観葉植物が仕切りの役割を果たしていて、隣のテーブルが見えない。

オープンなのに、個室のようにプライベートが確保された空間となっている。

店内にはニューヨークジャズが、適度な音量で流れている。フットライトが柔らかく緑を照らし、顔を上げると、マンハッタンの夜景がきらめいていた。

「ここは、まさにニューヨークという光景ですね」

そうですね、とホームズさんは頷いて、私を見る。

「あなた方が手掛けた企画展示、とても素敵でした。異なるジャンルの作品を見事に引き立て合う展示にしましたね」

「ありがとうございます」

「あれは、どのような経緯で、ああしたコンセプトに?」

「それがですね……」

私は、これまでのことをホームズさんに話して聞かせた。

サリーに会った時から、企画展示をすることになった時のこと。

三人で美術館巡りをして、美大生の作品を選ぶのに意見が揃わなかったことなど。

「どうせ揃わないんなら、融合させようという話になりまして」

私がこれまでの経緯を伝えると、ホームズさんは愉しげに相槌をうつ。

「大変ではあったと思いますが、とても、楽しかったようですね」

「はい」

「あなたがとても生き生きしていて、嬉しいです」

彼は、グラスをテーブルに置いて、私を見た。

「ニューヨークは、魅力的な街ですか？」

「そうですね。ちょっと、マンハッタンと京都は似てると思いました」

私がそう言うと、ホームズさんは、目をぱちりと開いた。

「マンハッタンと京都が？」

「狭い範囲に見どころがギュッと詰まっていて、街がとても分かりやすいんです。セントラルパークが御所だとしたら、グランドセントラルは市役所あたりで」

「タイムズスクエアは四条ですか？」

「はい。そして、アッパータウンは洛北で、ＳｏＨｏは伏見の辺り」

そう言うと、ホームズさんは「無理やりですね」と笑う。

「あと、京都も元々、首都だったのでいろんな文化が入ってきていて、それが上手く融合されているじゃないですか。それでいて、何を観ても張りぼて感がなく、媚《こ》びていない。ニューヨークは余所者もウェルカムな雰囲気で、京都は訪れる人をもてなすことに矜持《きょうじ》を持っている……」

なるほど、とホームズさんは相槌をうつ。

「まったく違うようで、似ているところがありましたか」

はい、と私は笑う。

「慶子さんに聞きました。サリーに、ニューヨークに来ないかと誘われたそうですね」

私が、ええ、と頷くと、彼は話を続けた。

「きっと、そういう声がかかるのではないか、と思っていました」

もっと驚くかと思えば、彼は平静だ。

「あなたの大きなキャリアにつながる、とても良いお話だと思いますよ。あなたが、ぜひ、と思うのでしたら、お受けすべきかと」

思いもしなかった返答に、私は驚いて目を瞬かせた。

「どうしました？」

「いえ、ホームズさんが、そう言うとは思ってなかったので……やんわり反対されるかと」

「少し前の僕でしたら、同じ台詞を言ったとしても、かなり痩《や》せ我慢をしていたと思うんです。ですが、心境の変化がありまして、今は心からそう言えるんですよ」

その言葉には偽りがないようで、ホームズさんは落ち着いた口調だ。

「心境の変化って？」

私は戸惑いながら、ホームズさんを見詰めた。

「詳しくは、またの機会にお話ししようと思うんですが、あなたが一人で異国へ旅立って、僕はあなたの身を心から案じたんです。その時、僕は、『あなたが元気であれば、側にいてくれなくてもいい』と心から思いました。許されるのでしたら、あなたが世界中のどこにいても僕は会いに行きますし、京都であなたの帰りをいつまでも待ちます」

私の身を案じてくれていたというのに、留学を勧めてくれるなんて、どこか矛盾している。詳しくはまたの機会に話すと言っていたように、何かがあったのかもしれない。

「それに、僕は気付いていました」

「えっ？」

「あなたが、僕から離れたがっていることを……婚約関係も続けて良いか迷っていましたよね？」

気付かない振りをしていたんですがね、とホームズさんは、自嘲気味に笑う。

何も言わない私に、ホームズさんは、明るい表情を見せた。

「ですので、どうか僕のことはお気になさらず。できれば、婚約を解消したくはありませんが、葵さんがしたいように決めてください。僕はあなたの決めたことを、全力で応援しますので」

私は、はい、と頷いて、ホームズさんを見た。

「……サリーの申し出は、本当に光栄で嬉しかったです。私はここに来て、あらためて分かったことがあるんです」

ホームズさんは、黙って私の次の言葉を待っている。

「ニューヨークというアート最前線の街の第一線で活躍する人たちと会って、とても勉強になりました。大きな刺激を受けました。でも――」

でも？　と、ホームズさんは、小首を傾げる。

私はそんな彼の目をしっかり見た。

「――私は、ホームズさんに教わりたいです。第一線で活躍する人たちに、ホームズさんが引けを取っているとは少しも思いませんでした。何も分からなかった素人の私がサリーの特待生にまでなれたのは、ホームズさんの教えがあってこそです。私はまだまだあなたから教わり足りない。ホームズさんから吸収したいです」

私は、サリーの申し出を丁重に断っていた。

今はまだ、日本で教わりたいことがある、と言って。

正直に言うと、師匠として、サリーよりもホームズさんの方が魅力的だったのだ。

ホームズさんは言葉にならないほど驚いたようで、大きく目を見開いている。

彼の喉がごくりと鳴った。

「このチャンスをもったいないと思わないんですか？」

「まだまだ私はひよっこです。この大切な時期にホームズさんの教えを受けられなくなる方が、私にはもったいないです」

「っ！」

「ニューヨークはとても魅力的です。こういうチャンスがあったら参加したいです。でも、私はあなたといたいです」

ニューヨークはとてつもなく魅力的な街だ。

だけど、ここに来て、日本が——今住んでいる京都が好きで、京都も負けないくらい、素敵なところだと再確認した。

今後もし、どうしても留学したくなったら、その時に考えればいい。

好江さんも子育てが落ち着いてから、ニューヨークに住んだという話だ。利休くんは、申し訳なく思っていたようだけど、私はそうは思わなかった。

好江さんは、子育ても自分の夢も手放さなかったのだ。どちらも、かけがえのないものだったからだ。

それはとても素敵で、贅沢なことだと思う。

人生は長い。

二十代にすべてを詰め込まなくたっていい。

チャンスは若いうちしかなく、それを逃すと叶わない、なんて幻想を捨てたい。

「あらためて、思いました。私は恋愛感情を抜きにしても、ホームズさんが好きなんです。あなたといると、見ている景色、触れたものすべてが、より美しく感じるんです」

何を観ても、どこに行っても感動するホームズさんを見てきて、自分もいつしかそうなっていた。

感動するものに焦点を当てるだけで、これまで観てきた風景が一変する。まるで違う世界に遷《うつ》ったかのように、すべてが輝いて見える。

しばしホームズさんは黙り込み、ややあって口に手を当てた。

「……葵さん」

「はい」

「――泣いても、いいですか？」

ええ？　と私は目を剥いた。

「実は、ずっと不安だったんです。あなたが僕から離れたがっているのを感じていたので……いつ言われるのかとハラハラし続けるくらいなら、自分で引導をと――」

彼の手が小刻みに震えている。

痩せ我慢していない、と言っていながら、本当は精一杯強がってくれていたのだ。

――私のために。

「ありがとうございます」

そっと、ホームズさんの艶やかな髪に触れる。

すると、彼は私に抱き着いてきた。

私は彼を胸に抱き留めて、その頭を撫でた。

「僕こそ、ありがとうございます。あなたにそう思い続けてもらうために、がんばろうと思います」

出発前、この台詞を聞いた時は、『それ以上、がんばらないで』と思ってしまっていた。

これ以上、差をつけられるのが怖かったからだ。

だけど、今は違う。

いつまでも、私の目標であってほしい。

私はまた、その差を突き付けられて、あなたの才能に嫉妬したり、自信をなくし、苦しくなる時が来るだろう。

それでも互いに切磋琢磨して、生きていけたら――。

私たちは、周囲に気付かれぬように、そっと唇を重ねた。

＊

ニューヨークに来る前の私は、ホームズさんへの愛情と嫉妬の板挟みで、一緒にいても苦しい時が多かった。

すべて吹っ切れた今夜。

ただ幸せな気持ちで、彼と過ごすことができた。

ホームズさんの顎と肩の間に顔を擦りつけて、まるでピッタリ合うパズルのピースみたいだ、と笑い合う。

額を合わせて、指を絡めて、唇を重ねて、愛しさを確かめ合った。

それは、幸せに満ちた夜だった――。

掌編　流した想い

「今頃、葵はニューヨークで何してるんやろ」

葵がニューヨークに旅立って、数日。

宮下香織は、河川敷を散歩しながら、ぽつりとつぶやく。

その日は、ゼミの集まりが祇園であり、一次会で抜けてきたところだった。

四条や三条の辺りは、カップルたちが等間隔で座って話し込んでいる様子が目に付くが、そこよりも北に上がっていくと、鴨川名物といわれるその姿は少なくなってくる。

もう陽が暮れているので、ひと気も少ない。

歩きながら、小日向圭吾の姿が、ぼんやりと浮かんできた。

オーストラリアから帰ってきて、彼と二人でお茶をしようということになった時のことだ。

お茶をしながらの近況報告はとても楽しかった。

短期留学を後押ししてくれた彼に、感謝の気持ちでいっぱいだった。

『いろいろ切り替えられた？』

そう問われて、

『はい、めっちゃリフレッシュして、リセットもできました』

と、香織が頷くと、彼はこう続けたのだ。

『それじゃあ、そろそろ、交際を申し込んでも大丈夫かな？』

『えっ？』

『香織ちゃん、あらためて、俺と付き合いませんか？』

――その時、最初に浮かんだ感情は、『嬉しい』ではなかった。

どうしよう、という『困る』に近いものだった。

こんなに良くしてくれた人だ。無下《むげ》にはできない。

香織が弱って口籠っていると、彼は小さく笑って言う。

『あ、ごめん。まだ早かったみたいだね。もう少し待つから……』

その言葉は、ズシン、と胸に重くのしかかった。

もし、これ以上、待ってもらったりしたら、自分は『申し訳ないから』という理由で、頷いてしまうかもしれない。そんなふうに思うなんて、それは恋ではないのだろう。

香織は首を振って、そっと口を開く。

『ごめんなさい、小日向さん。待たないでください』

『えっ？』

『私、あなたを慕ってますけど、そういうんやないて感じるんです』

そう言うと、彼はしばし黙り込み、やがて『そっかぁ』と、頭を掻いた。

『……分かった。残念だけど、はっきり言ってくれて、ありがとう』

そう言って力なく笑った彼は——最後まで大人だった。

「……ほんまにええ人やったな。なんで、うちはあの人を好きになれへんかったんやろ」

その時のことを思い返して、香織は自嘲気味な笑みを浮かべる。

気が付くと、辺りは既に暗くなっていた。

もう、丸太町《まるたまち》付近まで歩いただろうか？

ひと気もなく暗い河川敷は、物騒かもしれない。

そろそろ表通りに出ようかと、階段を探していると、

「——ヴヴッ」

どこからか、呻《うめ》き声のようなものが聞こえてきた。

香織は、奇妙に思って、眉根を寄せる。

もしかして、これは怪奇現象だろうか？

鴨川の河川敷に纏わるさまざまないわれが、香織の頭を駆け巡る。

「――ヴッ」

声の方向には、大きな木の側のベンチに座る男の人の姿があった。

彼は、片手で顔を覆い、うな垂れている。

怪奇現象ではなかった、とホッとしたが、今度は具合でも悪いのかと心配になる。

「あの、大丈夫ですか？」

その瞬間、ぐずっ、と鼻をすする音が耳に届き、香織は声をかけたことを後悔した。

彼は具合が悪くて呻いていたのではなく、泣いていたのだ。

しまった、悪いことをしてしまった。

退散しようとしたが、そんな間もなく、その男性はそっと顔を上げた。

「あっ」

香織とその男性の声が揃った。互いに知っていたのだ。

「は、春彦《はるひこ》さん」

彼は、梶原《かじわら》春彦。

同じ大学の院生で、俳優・梶原秋人の弟でもある。華やかな秋人とは違って、春彦は優しく柔らかい雰囲気だが、なかなかの男前だ。

そんな彼は、フラワー・アレンジメント・サークルの先輩・目黒朱里《めぐろあかり》と交際している。

「香織ちゃん……？」

春彦は、涙と鼻水でぐちゃぐちゃの顔で呆然と洩らす。

香織は、どうも、と会釈をする。

「……香織ちゃんは、どうしてここに？　朱里に何か言われてきたとか？」

「いえ、私は、たまたま散歩してて……目黒先輩と何かあったんですか？」

香織は、慌ててポケットティッシュを手に彼の許に駆け寄る。

春彦は香織からティッシュを受け取り、ごめんね、と言いながら目と鼻を拭う。

「実は、朱里に別れを告げられてしまって……」

えっ、と香織は目を瞬かせた。

「最近、ずっと避けられていたから、おかしいとは思っていたんだ……」

春彦は、ふぅ、と息をつき、目を伏せる。

「今日、彼女の誕生日なんだ。ここは二人の想い出がいっぱいある場所で、ここからもう一度やり直せたらと思っていたんだけど、『ごめんなさい、行くことはできないの。自分には、本当に大切な人がいるって気付いてしまった』って……」

そう話しながら、春彦の目にみるみる涙が溜《た》まっていく。

「……そうやったんですね」

元々、目黒先輩が春彦に恋をして交際に至ったというのに、別れは彼女からというのは意外だったが、実際はそういうものなのかもしれない、とも思うが……。

〝自分には、本当に大切な人がいるって気付いてしまった〟

という目黒先輩の言葉が、香織には引っかかった。

それは、新しい人が現われたのではなく、前から側にいた人ということだろう。

誰なのだろう？

もしかして、と思うことはあったが、まさか、とそれ以上の勘繰りはやめた。

「こんな情けない姿を見せてしまって、ごめんね。恥ずかしいとは思うんだけど、今は泣かないと前に進めなくて」

春彦はポロポロと涙を零して、再び顔を伏せる。

春彦自身が言う通り、本来なら情けない姿なのかもしれない。

だが、それは彼が懸命に恋をした結果だ。それだけ、一途で真っ直ぐに恋をしていたことが、香織に伝わってくる。

香織は、春彦の隣に腰を下ろし、空を見上げた。

くっきりとした白い月が浮かんでいる。

「ええと思いますよ。いっぱい泣くべきやて思います」

……ありがとう、と春彦の口から嗚咽が洩れる。

香織の脳裏に、小日向が最後に見せた切ない笑顔が過り、胸がずきんと痛んだ。

彼も、自分なんかのために泣いてくれたりしたのだろうか？

鼻の奥がツンとしてきたが、自分が涙を流すわけにはいかない、と香織は拳を強く握って堪《こら》えた。

「実は、私も泣きたいことがあって。そやけど、私は泣いたらあかんから……」

香織が独り言のように零すと、春彦は肩をぴくりと震わせて、顔を上げた。

「どうして？」

「私は、目黒先輩と同じ立場なんです。私なんかを好きだと言ってくれた人がいたんです。その人はほんまええ人で、私も慕っていて、『彼のことを好きになれたら』って思うのに、異性としては好きになれなくて、傷付けてしもて……。泣きたい気分になるけど、うちには泣く権利なんてあらへん」

香織が空笑いを見せると、春彦は、ううん、と首を振った。

「恋って……振られる方も振る方も、つらさの種類は違っていても、同じように苦しいものだと思うんだ。その人を慕っていればいるほど断る方も痛みを伴うと思うし、想いを受け取れないのは、どうしようもないことだと思うから……」

「………」

何も言えずにいると、春彦は、香織をしっかりと見詰めた。

「香織ちゃんも、つらかったね」

春彦は、目も鼻頭も泣き腫らした真っ赤な状態で、切なげに言う。

そんな彼を前に、香織の胸が切なく詰まった。

「――はい」

堪えていたのに、堰《せき》を切ったように涙が溢れ出てきた。

滔々《とうとう》と流れる鴨川は、二人の切ない想いを流してくれるようだった。

そう、僕はずっと気付いていた。

葵さんが、僕から離れたがっていることを――。


「では、行ってきます」

――上海のホテルを意気揚々と飛び出した時の僕は、菊川史郎を逮捕に追い込み、鑑定の仕事を終え、円生の門出を見届けた高揚感に包まれていた。

早く彼女の顔を見たい一心で、最終便の飛行機に乗り込んだものの、離陸してしばらく経つと、途端に不安が襲ってきていた。

葵さんの様子がおかしいことに気が付いたのは、夏休みを終えたあとくらいだろうか。

何がきっかけなのかは、分からない。

新学期を迎えて、彼女の中で心境の変化があったのかもしれない。

少し余所余所《よそよそ》しくなったのだ。

以前にはなかった見えない壁が、僕と彼女の間を隔てている。

その壁を感じているのは僕だけで、葵さんは気付いていないようだ。

僕は、彼女と過ごしながら気付かれぬように探りを入れて、気持ちを確かめる。

最初は、他に好きな男ができたのだろうか、と気を揉《も》んだ。

だが、そういうわけではないようだ。

そんな最中、ニューヨーク行きの話が来た。

同行したいと申し出た僕に、彼女は申し訳なさそうにしながらも、しっかりと断った。

その様子を見て、僕は彼女にとって保護者に近い存在であるのを認識した。

まだ高校生の時に僕と出会い、いつしか手を取り合うようになっていた。

葵さんは、瞬く間に成長を遂げている。

子どもが成長過程に於いて親を拒否するようになるのと同じで、彼女も僕と距離を置きたがっているのかもしれない。

だが、すべては僕の憶測だ。

観察眼が優れているなどと言われる僕も、恋愛が絡むと途端に駄目になる。

ただ、不安で、悪いようにばかり考えてしまう。

これは、僕の弱さがなせること。

何が起こってもショックを受けすぎないよう、予防線を張っているのだ。

もしかしたら、すべては杞憂《きゆう》かもしれないのに――。

上海に行く前、八坂のマンションでのことだ。

僕は葵さんに、『清貴が結婚することになったら、このマンションを君に預けて、自分は東京の家に帰ろうかな』と父が話していることを伝えると、彼女は、『それは少し寂しい気がしますね……』と洩らし、その後で小さく笑った。

『でも、まだまだ先の話ですよね』と。

葵さんにとっては、結婚は現実的なものではなく、いつか叶えられたらいいな、という遠い約束に近い、不確かなもののようだ。

分かっていたつもりでも、自分との温度差に落ち込んだ。

思わず額に手を当てていると、『どうかしました？』と葵さんが、心配そうに顔を覗いてくる。

その様子が愛らしくて、どこか憎らしく、つい試すようなことを言ってしまった。

『僕としては、今すぐでもあなたと結婚したい気持ちですよ』

その時の葵さんの表情が、忘れられない。

どうしよう、と困った顔で狼狽《ろうばい》していた。

その表情を見て、僕の方が焦った。

このままでは、葵さん自身も分かっていなかった本心に気付かせてしまうかもしれない。

すぐに、冗談ですよ、と笑って見せる。

『僕もまだ修業中で、あなたは学生ですから。あなたの言う通り、まだまだ早いですね』

葵さんに少しでも安心してほしかった。

重荷に感じられたら、途端に去られてしまう気がして怖かったのだ。

『そうですね。まだ未熟なので……』

あからさまにホッとしている彼女の様子を見て、僕の胸が痛む。

同時に申し訳なさも感じた。

結婚を意識する僕の想いは、彼女の負担になっているのかもしれない。

落ち込みが加速していくのを感じていると、葵さんはほんのり頬を赤らめて、はにかみながら、つぶやいた。

『まだ早いとは思いますが、好きな人にそう言ってもらえて、とても嬉しいです』

その言葉を受けて、心臓が止まるかと思った。

次の瞬間、氷が一気に溶けたように、良かったと思う。

葵さんは、まだ僕を想ってくれていた。

それでも、彼女が以前と違っているのは、変わりない。

もしかしたら、葵さんは、心の奥底で僕と離れたくなっていながら、そのことに気付かずにいるのかもしれない。いや、彼女の優しさから、僕のことを思いやって目を逸らしている可能性もある。

そんな状態の彼女が、ニューヨークという刺激的な街に行く。

最先端で活躍する人たちの姿を目の当たりにすることで、自分がいかに狭い世界にいたか痛感するだろう。

これまで自分を誤魔化し、隠してきたものが浮き彫りになるはずだ。

堰を切ったように強く留学したい、と思う可能性がある。

何にせよ、僕の存在が彼女を縛《しば》っているのは、明白だ。

僕は、大きく息をついて、シートに身を委ねて目を瞑った。

どうせなら、彼女を快く送り出したい。

無理に引き止めて、側にいてもらっても、心までつなぎとめておけるものではない。

菊川史郎に彼女の命が狙われていると知った時、強く思ったのだ。

葵さんが無事であるなら、他には何も望まない、と――。

渡米する飛行機の中で、僕は覚悟を固めていた。

フライト時間は約十四時間半。長かったのか短かったのか分からない。

ニューヨークに着いた僕は、まずホテルにチェックインして、十分に休むことにした。

葵さんのスケジュールは、利休が報告してくれている。

今日は、葵さんが参加した展示会のプレオープンパーティが開かれる。


「驚いた、まさか、上海にいるはずのあなたが来るなんて。葵さんにはナイショなのね？」

慶子さんに連絡を取り、僕もパーティに出席させてもらえることになった。

僕を前に、慶子さんは愉しげに笑う。

彼女の雰囲気が以前と違って、柔らかくなっている。

「葵さんたち特待生の企画展示はこっちよ」

と、慶子さんは、会場に案内してくれた。

葵さんが、特待生たちと作り上げた企画展示を観て、僕は少し驚いた。

自分たちが気に入った美大生の作品を、シックに展示しているのではないか、と思っていたからだ。

空想画を使った現代アート、ヨーロピアン芸術をリスペクトしたアール・ヌーヴォ、そして、日本への憧れが詰まったアメリカ人が描くジャポニズム。これら、まったくタイプの違う作品が上手く融合し、引き立て合って展示されていた。

展示に一役買っている、和傘の使い方も見事だった。

作品を描いた美大生も展示を手掛けたキュレーターも学生ということで、若々しい勢いと、瑞々《みずみず》しさ、芸術に対するひたむきな想いがまっすぐに伝わってくる。

素晴らしい、と口から出そうになった時、

「素晴らしいでしょう？」

慶子さんがどこか誇らし気に言う。

「ええ、本当に。想像以上でした」

私も、と慶子さんが頷く。

「私は、葵さんとあなたに謝らなきゃいけないわね」

「謝る？」

「私はあなたをとても買っていてね。そんなあなたが選んだのが葵さんだったのが、どうしても納得いってなかったの。でも、今回一緒に過ごして、葵さんの凄さを感じたわ」

「彼女の才能を認めたということですか？」

「それもそうだけど……。一緒に選ばれたクロエとアメリという特待生の子たちがいるんだけど、彼女たちを連れてきたアシスタントの話では、二人はとても我やこだわりが強くて、扱いにくいタイプだそうなの。それが葵さんが間に入ったことで、強く衝突することなく、和気藹々とした雰囲気になっていた。葵さん自身、クッション材のように柔らかな存在でいながら、自分の意見はハッキリ言うし、上手く場を纏めている。なのに出しゃばっている感じはまったくない」

話を聞きながら、僕は黙って相槌をうつ。

たしかに彼女には、そういうところがある。控えめながら、その場の空気を良くしているのだ。

「気が付くと、彼女を良く思っていなかった私も、気難しいサリーも、いつの間にか魅了されていたの」

慶子さんは、ふふっと笑って、僕を見た。

彼女の雰囲気が変わったのも、葵さんの影響かもしれない。

「素敵な彼女ね」

「ありがとうございます。僕もそう思っています」

悪びれずに微笑むと、慶子さんは少し悔しそうに笑う。

「でも、サリーに取られちゃうかもしれないわよ」

そう言って慶子さんは、サリーが葵さんを誘った話を口にした。

それは心のどこかで予想していたことで、驚きはしない。

だが、事前に聞いておいて良かった、と心から思った。


展示を観終えると、ちょうど葵さんが僕の方を見ていた。目がまんまるになっていて、思わず口許に笑みが零れた。

驚かせたいとは思っていたけれど、ここまで見事に驚いてくれるなんて――。

彼女の許に行き、『抱き締めてもいいですか？』と訊ねようとした。

きっと彼女は、『ここじゃ駄目です』と困ったような顔で答えるだろう。

そう思っていたのに、僕が言い終わる前に、強く抱き着いてきた。

嬉しさもあったけれど、葵さんの中で決意が固まっているのだろうとも思った。

僕も、決意を固めておいて良かった。


その後、ホテルのテラスカフェバーで乾杯をしながら、サリーからニューヨークに来ることを勧められたと慶子さんから聞いた、と話した。

僕は微笑んで、その話を受けるよう勧めた。

自分のことは気にしなくていい、と言って。

『ですので、どうか僕のことはお気になさらず。できれば、婚約を解消したくはありませんが、葵さんがしたいように決めてください。僕はあなたの決めたことを、全力で応援しますので』

口角を上げたまま、そう話す。

きっと、彼女はこう言うだろう。

——ありがとうございます。ホームズさんに教わったことを胸に、これからニューヨークでがんばりたいと思います、と。

葵さんは、はい、と頷いて、僕を見た。

僕の喉がごくりと鳴る。

緊張に手が震えてきそうだったが、平静を装って見せた。

『……サリーの申し出は、本当に光栄で嬉しかったです。私はここに来て、あらためて分かったことがあるんです。ニューヨークというアート最前線の街の第一線で活躍する人たちと会って、とても勉強になりました。大きな刺激を受けました』

そうだろう、と僕は相槌をうつ。

『でも——』

でも、と続けた彼女に、僕は視線を合わせた。

葵さんは、真っ直ぐに僕を見ていた。

少し前まで、あまり目を合わせたがらなかった彼女が、以前の状態に戻ったように、曇りのない瞳で僕を見ている。

『──私は、ホームズさんに教わりたいです』

えっ、と僕は口を開ける。

『第一線で活躍する人たちに、ホームズさんが引けを取っているとは少しも思いませんでした。何も分からなかった素人の私がサリーの特待生にまでなれたのは、ホームズさんの教えがあってこそです。私はまだまだあなたから教わり足りない。ホームズさんから吸収したいです』

一瞬、何を言ってるのか分からなくて、今聞いた言葉を脳内で処理をするのに時間がかかった。

嬉しさよりも、素直に受け取れない。

『このチャンスをもったいないと思わないんですか？』

すると、葵さんは、うふふ、と笑った。

『まだまだ私はひよっこです。この大切な時期にホームズさんの教えを受けられなくなる方が、私にはもったいないです』

　衝撃的で、言葉が出ない。

『ニューヨークはとても魅力的です。こういうチャンスがあったら参加したいです。でも、私はあなたといたいです』

彼女は、選んでくれたのだ。

サリーではなく、僕を――。

ニューヨークの誘惑になびかず、僕を選んでくれた。

どうしよう。嬉しくて、目頭が熱い。

……涙が出そうだ。

泣いても、いいですか？　と問うた僕に、葵さんは目を丸くした。

冗談ではなく、本当に涙が滲んだ。

本当に情けない。何が覚悟だ。

自分がいかに、痩せ我慢して、背伸びをしていたかを痛感する。

それでも、無理やり彼女を手許に置いておきたいとは思わないのだ。

母は、僕がどんなに必死で請うても、亡くなってしまった。

あの時に、どんなに強く求めようと、いなくなってしまう者は、決して引き止められるものではないことを学んだ。

だから、彼女には自由でいてほしい。

遠距離になるくらい、問題ない。

離したくないと縛り付けて、心が離れてしまっては、本末転倒だからだ。

そう思っていたのに、葵さんは僕の側にいてくれると知って、涙が出てきてしまった。

顔を伏せる僕に、葵さんは、ありがとうございます、と言う。

感激で胸が熱い。

『僕こそ、ありがとうございます。あなたにそう思い続けてもらうために、がんばろうと思います』

心からそう思った。

同時に、もう彼女が世界のどこに行っても、こうして心が通じ合っていれば自分は平気かもしれない、とも思う。

唇を重ねて、強く抱き締め合う。

互いのわだかまりがほどけたその夜は、とても幸せで濃厚な時間を過ごすことができたのだけど——。

それは僕たちだけの秘密にしておきたい。

＊

翌朝、スマホにメールが入っているのに気が付いて、私は肌が出ないように気を付けながら、サイドボードに手を伸ばした。

ふと隣を見ると、ホームズさんの姿がない。どうやら、シャワーを浴びているようだ。

私は小さく欠伸をして、スマホを確認する。相手は、小松さんだった。

「小松さん……？」

目を擦ってメールを開いた。

『嬢ちゃん、あんちゃんが突然、訪ねて行ったと思うけど、決して怒らないでやってほしい。あんちゃんは、嬢ちゃんの身を護るために、大変な奮闘をしていたんだ』

そんな書き出しに、えっ、と私は眉間に皺を寄せる。

そこには、上海で起こった出来事がこと細かに記されていた。

思いもしなかった事実に私は仰天し、目を剝《む》いた。

＊

「――信じられないです。それならそうと言ってほしかった」

私は歩きながら小松さんのメールを思い出し、あらためて言う。

私とホームズさんは、セントラルパークの中を歩いていた。

今日から五番街のビルで、『光と陰　～フェルメールとメーヘレン～』の一般公開がスタートしていた。私たちはその展示を観たあとに、セントラルパークに行こうということになり、こうして手をつないで歩いている。

「すみません。あなたを煩わせたくなかったんです。せっかくニューヨークに来ているわけですから……」

ホームズさんは、申し訳なさそうに言う。

たしかに、そんなことを聞かされたら、気が気じゃなかっただろう。

「利休の見立てでは、殺気や緊迫感がなかったから、相手はかなり遠くから撮影していただけの雇われカメラマンじゃないか、ということでした。プロの仕事人を雇うとなると、それなりにお金もかかるわけですし、脅しのための写真が必要なら、カメラマンで十分ですからね……」

はぁ、と私は相槌をうつ。

「それで、利休くんが付きっ切りだったんだ。悪いことをしました。お礼をしないと」

「僕からもお礼をするつもりですが、利休は楽しかったと言ってましたよ。葵さんのお陰で、長い間つかず離れずだった遥香と結ばれたようですし」

ホームズさんは、ふふっ、と笑った。

「そうそう、そうなんですよ。私も嬉しかったです」

しっかりと頷きながら、私たちは手をつないだままパークを歩く。

セントラルパークは御所（京都御苑）、なんて譬えていたけれど、ここは、さらに広く、緑が豊富だ。

広い池に水鳥が悠々と泳いでいて、リスが枝を駆けている。

ジョギングしている人や、犬の散歩をしている人も多い。

「そういえば好江さん、短期間ニューヨークに住んでいたんですね。知らなかったです」

「ええ、利休がフランスに行っていた時ですね。祖父は、『もう、好江は戻ってきぃひんやろ』なんて、密かに落ち込んでいたんですよ」

「そうなんですか？」

「ええ、でも、戻って来て、祖父は本当に嬉しそうでした。僕と一緒ですね」

ホームズさんはつないでいる手に力を込めて、私の顔を覗く。

やだ、と私は笑った。

「好江さんも嬉しかったでしょうね」

「それが、祖父は僕と違って素直じゃないので、あからさまに喜ばなかったんです。『骨董品に夢中で、それどころやなかった』なんて言ったものですから、好江さんは大層むくれましてね」

ふと、好江さんと初めて会った時のことを思い出す。オーナーがあまりに骨董品に夢中だから、壊してやりたくなる時がある、と言っていたのだ。

それは、そのことが原因だったのだろう、と私は思わず笑った。

池の水面がキラキラと輝いて、柔らかな光を放っていた。

「先ほどの、『フェルメールとメーヘレン』、素晴らしかったですね」

思い出したように言うホームズさんに、はい、と私は頷く。

「判別がついていない作品ですが、ホームズさんは、どう思いましたか？」

「非常に難しいですね。フェルメールの真作のようにも見えましたし、模倣を極めたメーヘレンではないかとも思わされました……もし、メーヘレンだとしたら、彼が幸せな時に描いたものだと思います。あの光は、従来の彼が描いたものにはなかったので……」

ホームズさんは明言しなかったけれど、メーヘレンの手掛けたものではないかと思っていることが伝わってきた。

少しの間のあと、そうだ、とホームズさんはポケットからスマホを取り出した。

「円生が描いた絵をあなたに観せたかったんです」

蘆屋大成云々《あしやたいせいうんぬん》の事情はすべて、小松さんのメッセージに書いてあった。

「私も観たいと思っていました」

私たちはベンチに腰を下ろし、画像を確認する。

丸い月の下、美しき江南庭園と中国の城が幻想的に浮かび上がっている。

絵の左下には、酒を飲み、語らう兵士たちの姿があり、右上の方に描かれているテラスには、月を眺めている宮廷女官のシルエットがあった。

絵の端には、漢詩が書かれている。

葡萄美酒夜光杯　欲飲琵琶馬上催

酔臥沙場君莫笑　古来征戦幾人回。

『蔵』に飾っている蘇州《そしゅう》の絵もそうだが、相変わらず圧倒される画力だ。

「すごい……」

画面越しながら、胸に迫るものがあり、目頭が熱くなった。

ホームズさんのような鑑定士になりたいとがんばってきた彼だけど、葛藤の末、ようやく自分の進むべき道を見付けられたのだ。

その門出が嬉しい。

彼は少し店長に似ているのかもしれない、とも思った。

「ああ、そろそろ、時間ですね」

腰を上げたホームズさんに、私も頷いて立ち上がった。

これからサリーの許に挨拶に行って、今日の午後の便で日本に帰る。

利休くんはもう少し、滞在するようだ。

「ホームズさんも、もう少しニューヨークにいてもいいんですよ?」

「何を仰るんですか。僕はあなたを迎えに来たんですよ」

さあ、行きましょう、と彼は手を差し伸べる。

私はその手を取って、歩き出す。

セントラルパークでは、すでに木々が色付き、一足早く秋の深まりを見せていた。

あとがき

いつもご愛読ありがとうございます、望月麻衣です。

二〇二〇年は一月に十三巻、二月に十四巻と、シリーズ初の二か月連続刊行です。

実を言うと、最初は二冊同時刊行を、という企画だったんですが、締め切りに間に合わず、二か月連続にしていただきました。

ニューヨークへは二〇一九年の九月に行ったので、ちょうど作中の時季とピッタリ、合っています。

ニューヨークには、本当に感動しました。

マンハッタンのビル群に圧倒されながら、『学生の頃に来ていたら、自分はどんなことをしても、ここに住むための努力をしただろう』と思い、地下鉄の改札に手こずり、コーヒーとビールの美味しさに感激しながら、『それだけで生きていける』とのたまっていた私は、ほぼ作中の好江さんでした。

さて、今巻は、清貴上海編に続いて、葵ニューヨーク編。

清貴上海編は、小松さん目線でテンポよく書けたのですが、この葵ニューヨーク編は、清貴に恋をしながら、その才能に嫉妬もして葛藤する葵の心にとことん向き合ったため、なかなか苦しく、時間がかかりました。

　葵がどんな決断を下すのか、私自身書きながら分かっておらず、また、どうなったとしても、私が無理やり展開を捻じ曲げたりはしないでおこうと思いながら書きました。

　その結果が、今回のお話です。そんなわけで、今巻は主人公・葵の葛藤と奮闘、そして成長にスポットを当てた物語となりました（また、利休と幼馴染みの設定は、以前からありまして、ようやく書けたと感無量です）。

　このたびの十三、十四巻の二冊は、舞台から展開、章立てにいたるまですべてが違っていますが、『海外特別編』ならでは、と受け止めていただけたら嬉しいです。

　この特別編の二冊は、私自身、生みの苦しみが大きかったです。

　その分、思い入れも強く、最終的にはとても楽しく書けました。

　少しでも海外の地を疑似体験していただけたら、幸いに存じます。

　今巻もこの場をお借りして、お礼を伝えさせてください。

　私と本作品を取り巻くすべてのご縁に、心より感謝とお礼を申し上げます。

　本当に、ありがとうございました。

望月　麻衣

参考文献等

中島誠之助『ニセモノはなぜ、人を騙すのか?』(角川書店)
中島誠之助『中島誠之助のやきもの鑑定』(双葉社)
難波祐子『現代美術キュレーターという仕事』(青弓社)
ジュディス・ミラー『西洋骨董鑑定の教科書』(パイ インターナショナル)
出川直樹『古磁器 真贋鑑定と鑑賞』(講談社)
別冊炎芸術『天目 てのひらの宇宙』(阿部出版)
今野敏『真贋』(双葉社)
地球の歩き方『ニューヨーク マンハッタン&ブルックリン』(ダイヤモンド社)

双葉文庫

も-17-20

京《きよう》都《と》寺町《てらまち》三条《さんじよう》のホームズ⓮

摩天楼《マンハッタン》の誘惑《ゆうわく》

2020年 2 月15日　第1刷発行
2023年10月31日　第2刷発行

【著者】
望月麻衣《もちづきまい》

【発行者】
島野浩二
【発行所】
株式会社双葉社
〒162-8540 東京都新宿区東五軒町3番28号
［電話］03-5261-4818（営業部）　03-5261-4851（編集部）
www.futabasha.co.jp（双葉社の書籍・コミックが買えます）
【印刷所】
中央精版印刷株式会社
【製本所】
中央精版印刷株式会社

【フォーマット・デザイン】
日下潤一

ISBN978-4-575-52318-8 C0193
Printed in Japan

FUTABA BUNKO

神様たちのお伊勢参り
竹村優希
恋人も仕事も失い、伊勢神宮に神頼みにやってきた谷原芽衣。事もあろうか、駅から内宮に向かう途中に有り金を盗られた芽衣は、泥棒を追いかけて迷い込んだ内宮の裏の山中で謎の青年・天と出会う。一文無しで帰る家もないこともあり、天の経営する宿『やおろず』で働くことになった芽衣だが、予約帳に載っているのは市杵島姫や磐鹿六雁など聞きなれない名前ばかり。なんと『やおろず』は、お伊勢参りにやってくる日本中の神様御用達のお宿だった!?

発行・株式会社　双葉社